一頁 folio

始 于 一 页 ， 抵 达 世 界

TRILOBITES
The Stories of
Breece D'J Pancake

三叶虫
与其他故事

[美] 布里斯·D'J. 潘凯克 著

姚向辉 译

GUANGXI NORMAL UNIVERSITY PRESS
广西师范大学出版社

· 桂林 ·

图书在版编目(CIP)数据

三叶虫与其他故事 / (美) 布里斯·D'J. 潘凯克著;
姚向辉译. —— 桂林：广西师范大学出版社, 2022.4（2022.9重印）
书名原文: The Stories of Breece D'J Pancake
ISBN 978-7-5598-4702-7

Ⅰ.①三… Ⅱ.①布… ②姚… Ⅲ.①短篇小说 – 小
说集 – 美国 – 现代 Ⅳ.①I712.45

中国版本图书馆CIP数据核字(2022)第025435号

著作权合同登记号桂图登字：20-2022-023 号

SANYECHONG YU QITA GUSHI
三叶虫与其他故事

作　　者：（美）布里斯·D'J. 潘凯克
责任编辑：谭宇墨凡
特约编辑：苏　骏
装帧设计：山　川
内文制作：常　亭

广西师范大学出版社出版发行

　广西桂林市五里店路9号　邮政编码：541004

　　网址：www.bbtpress.com

出版人：黄轩庄
全国新华书店经销
发行热线：010-64284815
北京中科印刷有限公司印刷
开本：889mm×1194mm　1/32
印张：9　字数：152 千字
2022 年 4 月第 1 版　2022 年 9 月第 3 次印刷
定价：52.00 元

如发现印装质量问题，影响阅读，请与出版社发行部门联系调换。

目 录

前　言

（詹姆斯·艾伦·麦克弗森）

我觉得你应该过来（开车或坐火车都行，我会承担路费并"招待你"）。既然你要作序，那么我觉得你应该熟悉一下这片河谷和（我儿子）布里斯的生活环境，就像你在夏洛茨维尔了解他那样。

　　——海伦·潘凯克夫人的来信，1981 年 2 月 10 日

他似乎永远无法安身于
平原与农夫之间
因此他总有一天要离开
他说，去当一名演员。

他扮演无家可归的男孩
千疮百孔，看不见明天
伸出手，想要触摸
一位阴影中的陌客。

彼时马库斯在收音机里
听说一个影星正在死去。

他把音量调到最低

好让霍滕斯睡得安稳。

——菲尔·奥克斯《印第安纳的吉姆·迪恩》

1976年9月末，美国立国两百年的那个秋天，我在弗吉尼亚大学开始了我的教师生涯。约翰·凯西邀请我加入那里的创意写作课程，他当时在休假。学校把戴维·莱文摆满书籍的办公室借给我。莱文是研究殖民地时代美洲文学的历史学家，那年同样在休假。校方给我英语文学副教授的职位——非终身，出于我本人的要求。我从巴尔的摩的一所黑人大学来到弗吉尼亚。我接受弗吉尼亚大学的邀请有职业和个人两方面的原因：我想教更有动力的学生，另外从精神角度说，我想回家。

要是我没记错，1976年是美国政治被寄予了极大期望的一个年头。詹姆斯·厄尔·卡特，一个南方人，正在竞选总统；全国各地的人，无论肤色是黑是白，都怀着特定的乐观主义精神看着这片土地。卡特激励了许多人，使他们相信这个新南方就是应许之地。很多美国人曾经遵从先祖的命令，去北方和西部寻求更好的生活，但他们都默默地希望，南部重建时期许下的承诺能够最终兑现。吉米·卡特的参选在美国"白人"社群中引起了人们对南方说话方式的微妙之处和南方烹饪所用调料的兴趣，但在美国"黑人"社群中，卡特的出现——他在黑人浸信会教堂里发表演讲，他漫步于哈勒姆和底特律的街头——似乎象征着一种南方文化（他们早已属于的这一文化）正在融入一幅更广阔的美国画面。卡特的出现，意味着由这种共同文化塑造出的两个族群的某种和解。对于南方的流亡者（他们还算舒服地定居于其他地区）来说，他的出现是个信号：我们受到鼓励，可以去重新占有原先的土地。像我这样的很多人将我们的想象投向了先祖的家园。

我在二十一岁时离开南方，起因是种族隔离的学校和有辱人性的社会体制。我凭本事在北方干了一番事业。我在南方长大，在那二十一年里，我没有过哪怕一个白人朋友。尽管后来我在北方和西部认识了许多南方白人，但我们从未能够深交，源于这样一个微妙的事实：一个不在南方的南方人，往往会被视为离开了他成长的环境，有时就像美国黑人一样被视为局外人。

友谊，若是建立在彼此疏离和自觉迎合他人看法的基础上，就往往没有经历过真正的考验。它缺乏健康关系所需要的共同处境：一种共同或"正常"的基础，适合信任和对彼此兴趣的生长。共同的自身利益——南方白人想在有时居高临下的北方人眼中表现得"正确"，南方黑人想要进入南方和南方文化共同持有的记忆——则是政治联盟而非友谊的基础。为了得到真正的友谊，两个南方人必须在南方的土壤上相遇。假如一个人在南方长大时始终没能得到这个机会，假如这个人依然想要"理解"这一部分被"他者"占有的自我，那么他就有必要回归南方了。讽刺的是，尽管吉米·卡特的参选体现了南方白人与黑人之间的政治联盟，但至少在 1976 年，这种联盟的真正意义却存在于两个在其故乡、在其出生地彼此分隔，但处境相同的族群之间形成的私人关系中。1976 年的秋天，也许这就是我想在托马斯·杰斐逊创立的弗吉尼亚大学里寻找的东西。

回到弗吉尼亚最初的那段日子里，有两件事情我记得很清楚，当时我坐在莱文摆满书籍的办公室里。一个打扮得过于精致、举止做作的得克萨斯年轻人走进办公室，询问我开的课程的情况，我起身迎接他，他却抬起一只手，一副老南方贵族在履行其义务的模样。他说："噢，不，不，不，不！你用不着站起来。"

第二件事源于几天后响起的一个说话声。那是在我办公室门外的走廊里，这个声音说："我是吉米·卡特，我在竞选总统。我是吉米·卡特，我在竞选总统。"这个声音的调门和节奏传递了必要的信息：其节奏和声调属于南方，中下阶层或下等阶层的南方，它立刻让你想起"穷苦白人"（cracker）这个词语。它很吵闹，在威尔逊会堂优雅的嗡嗡交谈声中响起，代表的不是极度傲慢就是缺乏安全感。这个声音为何在重复卡特的竞选口号？答案对所有人来说都很明显：南方，尤其是南方的下等阶层和中产阶层，期待卡特上台。他是他们当中的一员。他的阵营承诺要重新定义那些人的形象——威廉·福克纳认为他们可鄙可弃，他们正在取代堕落而疲弱的贵族精英。这些人的道德规范（除了定期表达对美国黑人的厌恶）在福克纳之后的许多年里都基本上暧昧不明。

这个声音的主人出现在我的门口，其形象完全符合先他而来的预兆。他瘦长结实，身高刚过六英尺，有一双直率而深邃的棕色眼睛。他稻黄色的头发欠缺柔软。他脸上半微笑半不以为然的表情在说："我什么都见识过了，但我依然说，'那又怎样？'"他穿法兰绒的格子衬衫和褪色的蓝牛仔裤，略微隆起的啤酒肚上扣着美国陆军配发的圆形铜皮带扣。我记得他还穿着军靴。他站在门口，打量装饰得挺漂亮的办公室，说："哥们儿，我想跟你一起做事。"

他的名字——我不得不问了第二遍，但依然是布里斯·潘凯克。

他的举止有几分僵硬和军队的气度。我立即靠刻板印象把他归为了德国人的后裔（南方有过许多个不太包容的时期，德国名字往往会变形成为带隐喻性的盎格鲁-撒克逊名字，比方说加斯彭尼，潘凯克说不定也是 [1]）。他说他读过我的一些作品，想给我看看他的小说。他的直率让我对他生了戒心。我在办公桌前坐下（在校园里，这是权力的象征），他却似乎下定决心要在办公桌之外认识我——我本人。在散发着纡尊降贵的臭味的环境里，他邀请我放弃我那微不足道的保护层。

他问我喝不喝啤酒，玩不玩弹球游戏，有没有枪，喜不喜欢打猎或钓鱼。这些重要的文化背景问题确定之后，他问——就好像突然想起来了似的——他能不能和我做独立研究。我们达成共识后，他踱回到走廊里，继续嚷嚷："我是吉米·卡特，我在竞选总统！我是吉米·卡特，我在竞选总统！"现在回想起来，他的声音里还有某种自夸。它符合并补全了他脸上似笑非笑的表情："那又怎样？"布里斯·潘凯克是个西弗吉尼亚人，群山哺育的那种独特的南方人——或者说半南方人也行，在安静而优雅的威尔逊会堂里，他和我一样感到疏离。

弗吉尼亚大学，至少是当时的弗吉尼亚大学，和美

---

[1] 加斯彭尼（Gaspenny）和潘凯克（Pancake）在英语中分别指汽油钱和松饼。——本书注释均为译者注。

国一样支离破碎。暗流涌动，将人们带往不同的方向，靠近特定的选民群体。我很快就意识到一个不难推断的事实：布里斯·潘凯克来我的办公室想要寻求的肯定不只是学术建议。这所大学一向由州政府资助，直到最近也还是为南方上等阶层子弟准备的某种精修学校。差不多一代人之前，它才向中产阶层子弟打开大门。二十世纪六十年代，它进一步打开大门，开始接纳女性和黑人学生。为了使它成为一所全国知名的大学，校方想方设法从更具影响力的华盛顿城郊和东北各州吸引生源。除此之外，校方还提出了一套极具野心的计划，想要让学校内的各个系更上一层楼。他们从哈佛大学、普林斯顿大学、斯坦福大学、加州大学伯克利分校和耶鲁大学招募学者。校方向世界各地的知识分子伸出橄榄枝，师资力量从此跻身全国最佳之列并保持至今。

但这些迅猛的变革远远没有改变这所大学的根本身份，而是导致了某种文化失位，在尝试重新定义根本身份的过程中陷入了停滞。从许多方面来说，这就像给金鱼缸重新做内部装修。为了寻求更传统的身份，大量南方士绅阶层子弟投向范德堡大学、杜兰大学、北卡罗来纳大学教堂山分校和华盛顿与李大学。于是，尽管这所学校在根本上依然属于南方，你却见不到几个南方人。造成的结果之一是，曾经赋予这所大学一个身份的价值观受到侵蚀。另一个结果是，人们开始基于阶层与肤色抱团。预科生凑在一起。女性也是这样。为数不多的黑人学生亦然。残余的旧贵族通过他们的兄弟会和俱乐部同样如此。

讽刺的是，最孤立和缺乏安全感的学生却是南方下等阶层与中产阶层的子女。他们来到祖辈梦想的地方——夏洛茨维尔之于南方就像剑桥[1]之于美国其他地方——出于种种原因却发现他们的灵魂远离了家乡。他们有些人通过攻击传统的替罪羊——也就是黑人教师和学生——来发泄愤懑。其他人开始戏仿自身，先是强调继而继承了山地人的刻板人格，尝试借此得到一个舒适的身份。但还有一些人，布里斯·潘凯克这种从本质上就不服从传统的人，他们变得极其孤立，寻求着其他局外人的陪伴。

一名写作者，无论其环境如何，他的天职都会要求他成为一名局外人，而我从没怀疑过布里斯·潘凯克是一名写作者。他的风格受到了海明威的极大影响，他的主题来自他在西弗吉尼亚认识的人和了解的地方。他的文笔精确、直接、不滥情。他最喜欢的评价是："胡扯！"他不浪费字词，会永不休止地重写，以得到他想

---

[1] 指美国马萨诸塞州波士顿市附近的剑桥，而非英国的剑桥。

要准确传达的效果。但从本质上说，布里斯·潘凯克是个孤独而忧郁的人。他在大学里的地位——霍因斯奖学金获得者、助教、西弗吉尼亚山区小镇来客——给他本已有之的愤世嫉俗和苦闷又添了一把柴。他的写作者身份让他成了一个小群体中的一员，西弗吉尼亚中产阶层的出身却倾向于让他与其他人保持距离，无论他们是华盛顿和东北各州城郊更世故、见过世面的中产阶层学生，还是南方背景的上等阶层学生。从他那里，我了解到许多上等阶层南方人对下等和中产阶层南方人的蔑视；也是从他那里，我了解到这些人迫切需要保持他们上等阶层地方主义者的自尊。尽管我曾受邀去拜访这样的一些家庭，那是他们为了履行某种贵族义务的传统，然而布里斯却很少得到这样的机会。（一个上等阶层的南方人曾经对我说："我喜欢黑人。他们很像欧洲的农夫，而且他们比穷苦白人更干净。"）但他一直想交朋友，无论来自什么阶层，只要愿意和他来往。他习惯性地赠送礼物，有一次他向我抱怨说，有一家人说他坏话，因为他送给他们的鱼不如他承诺要抓到的那么多。为了补足缺口，他自掏腰包买了些鱼，但还是不到他承诺过的数量。别人拿这件事奚落他，他对我说："他们表现得像是希望我磕头认错。"

你可以留下布里斯给你的书或任何东西——他喜欢送别人东西，但一直没学会接受。他总是觉得自己不配得到礼物——他对自己太苛刻了。他的人生信条是父母教给他的——说是希腊式、罗马式或其他什么都行，总之就是最简单的诚实。上帝召他回家，因为他在世上见到了太多的不诚实和邪恶，他无法与之共存。

　　　　　　——海伦·潘凯克夫人的来信，1981 年 2 月 5 日

我离去后再也不会从雨中逃跑

我离去后甚至不会因疼痛受苦

我离去后就不能再失去和得到

所以趁我还在我总该做点什么

我离去后再也不能嘲笑谎言

我离去后不能再问如何、何时或为何

我离去后再也不能骄傲地活到死去

所以趁我还在我总该做点什么

　　　　　　　　　　——菲尔·奥克斯《我离去后》

　　布里斯·潘凯克似乎急于提高自己。他的野心并不限于文学创作：他在努力为自己定义一种完整的生活方式、一套包罗万象的价值准则，使他能够在西弗吉尼亚

州米尔顿的山谷家乡之外生活下去。他送给我的那些书也许能够证明他的探索范围：杰克·伦敦的一本传记，尤金·奥尼尔关于大海的戏剧——这些作品关注的是人们以原始视角直面自然时的感受。二十五六岁时，布里斯加入天主教会并积极参与教会事务。然而我并不理解他的生活焦点，直到我开车穿过他的家乡西弗吉尼亚州，走在蜿蜒曲折的山路上，每次拐弯都能看到坐落在河谷里的房屋。在那些河谷里，那些房屋附近，你能看见废弃的汽车、炉灶和冰箱。那里的人不会扔掉任何东西；他们总能给东西找到用途，哪怕是最细微不过的证明富足的证据。而眼睛，在那个地区，被训练成不是朝上看就是朝下看：从河谷望向天空，或者从环绕河谷的山丘俯视河谷。水平视线在那个地区极为罕见。坚持不懈地伸向上方的山坡包围了天空。这是大自然为梦想家和听天由命者打造的环境。

布里斯曾经对我说过他成长过程中与电台的关系，说到他能收听到的电台范围。开车穿过那些山峦，我能想象他的想象力被拉向了许多方向。和许多西弗吉尼亚人一样，夜间电台也勾引他前往底特律。但同时他也意识到了这个国家的许多其他地方，尤其是与他的故乡交界的那些州。有一次我问他整个西弗吉尼亚州有多少人。他估计大约有两三百万，其中亨廷顿（当时该州最大的城市）约有十万人。我只是随口一问，没什么特定的目的。但几天后，我在信箱里收到了他的字条："吉姆，我说错了，但比例正确（西弗吉尼亚的亨廷顿有四万六千人）。在西面，俄亥俄州人口约九百万。东面，弗吉尼亚州约四百万。南面，肯塔基州约三百万。北面，宾夕法尼亚州大约一千一百万。西弗吉尼亚州人口为一百八十万，比罗得岛州多一百万。又及：明天午饭时见？"不必强调，他对他那个州的贫困和它在某些书籍里的形象感到尴尬。他对我说过，他不太看得起哈里·考迪尔的《夜幕降临坎伯兰》。他认为这本书呈现了他故乡的一个错误形象，而作为一名作家，他的野心是要改善这个形象。

这种提高自己的决心决定了布里斯会成为流浪者和冒险家。他在西弗吉尼亚州上过几所小型学院，走遍了全国各地。他在西部的一个印第安人保留地住过一段时间。他自学过德语。他在弗吉尼亚州斯汤顿的一所军校执教过一阵子，他的偶像菲尔·奥克斯念的就是这所学校。他非常敬佩这位词曲作者，鼓励我仔细听他心目中奥克斯最好的歌曲《印第安纳的吉姆·迪恩》的歌词。布里斯对自己的写作也同样认真，将全部希望都寄托在它的成功上。他似乎在向自我施加压力，要求他自己作为一名作家"取得成功"。他对我说："我要卖的就是我的经验。要是情况变得特别糟糕，他们会让你和我挖同一条水沟。他们会多给我一点钱，但我还是会在挖水沟。"他喜欢用自己编造的离奇故事去打动别人，他喜欢用自我毁灭的方式去打动别人。他会在夏洛茨维尔市郊的下等酒吧里打架，然后回到城里炫耀伤疤。他会说："这些都是故事。"

他喜欢有格调的人。他会轻蔑地谈论第一次约会就和他睡觉的上等阶层女人，会全心全意赞美在几次约会后才允许他亲吻脸颊的女人。"她是淑女。"他向我吹嘘。我认为，对布里斯来说，以他对夏洛茨维尔社会的看法来重新定义自己是非常重要的，即使他的想法在此处的现实之中毫无根据。但他身上也有一种反抗的气质，那是对强加于人们头上的规矩的蔑视。有次我们一起去看电影，中场休息时人们挤在狭小的大堂里，他感到很憋闷，于是大喊："让一让！给点空间！让别人过去！"人群以学生为主，他们立刻散开。然后布里斯扭头对我大笑。"他们是克隆人！"他说，"他们是克隆人！"

他还喜欢户外运动——打猎、钓鱼、在蓝岭山脉徒步。他带着我徒步旅行了几次。在这些郊游中，他给了我一个好建议：要是哪天我觉得被夏洛茨维尔的封闭憋得没法喘气了，不妨开车去蓝岭山脉走一走，这样能让我的头脑恢复清醒。这种与大自然的交流对他来说不可或缺，在山中徒步的时候，他显得心境平和。

他还爱玩弹球游戏、打台球，喜欢喝啤酒。他在这些娱乐活动里求胜心极强。喝酒时他几乎总能胜过我，他喝醉后会奇怪地沉默不语。在这些时刻，他会僵硬而笔直地坐着，视线聚焦在我脸上，但心思和想象都去了别处。有时他会谈起他在米尔顿时的女友，她们伤害过他。有一次，他说起米尔顿一位图书管理员强迫他履行的职责让他如何悲伤：焚烧并埋掉几百本旧书。他喜欢旧东西。他说起在一个亲戚的阁楼上搜寻曾经属于他父亲的物品。他回想父亲去世前的那些年里写给他和他母亲的信。

布里斯·潘凯克很能喝酒，每次一喝酒，他的想象就会回到这同一个地方。现在想来，那个私人的房间存放着他受过的全部伤害和他所有的幻想。当他的想象进入那里，他就成了一个忧郁的人，非常需要和其他人接触。然而，他在这些时候往往沉默寡言，他的出现总是会让其他人紧张。"布里斯总在附近晃来晃去。"一个共同的朋友曾这么对我说。他几乎从来不会提出任何要求，只要其他人稍微表现出一点不舒服，布里斯就会告辞，然后在几个小时后或第二天用礼物补偿。我认为，没人——至少在夏洛茨维尔没人——知道布里斯希望得到什么回报。他这么做的结果是，人们感到配不上他，感到内疚。

吉姆，"胡扯"是布里斯的口头禅之一，事实上他说过，他希望他的短篇集能起名为《胡扯艺术家》。爱他那颗心！

——海伦·潘凯克夫人的来信，1981年2月5日

疯狂的导演知道自由不会让你无所牵绊，
再说这和我有什么关系？
我宣布战争已经结束。已经结束。已经结束。

——菲尔·奥克斯《战争已经结束》

1977年冬天我去了波士顿，我向《大西洋月刊》的菲比-卢·亚当斯提到了我的几个学生的作品，其中当然包括布里斯的。她让我寄几个他的短篇给她。我鼓励布里斯和她通信，过了没多久，杂志就买下了他的几个短篇。收到录用信和支票的那天，布里斯来到我的办公室，请我出去吃饭。我们去了蒂法尼餐厅，那是我们最喜欢的海鲜餐厅。他并没有因为成功而高兴，反而显得沮丧和紧张。他说那天他通过电报局给母亲送了花，但还没收到她的回信。他喝了很多酒。吃完饭，他说他

有个礼物要送给我，我必须和他回家才能拿到。

他住在夏洛茨维尔城区边缘一个庄园里的小房间里。那儿与其说是他家，还不如说是间工作室，一块方形胶合板充当写字台，他正在写的作品沿着边缘摆得整整齐齐。他径直走向一个壁橱。他打开壁橱，里面放着枪，你能想到的应有尽有：步枪、霰弹枪、手枪。他从一个架子上选了一把 12 号霰弹枪给我。他连同发票（购于西弗吉尼亚州）和两发霰弹一起给了我。然后他邀请我和他一起去打松鼠。我保证我一定会去。然而我从没拥有过枪，也不想要枪，因此我请一个住在农场的朋友替我保管这把霰弹枪。

几个月后，我在校园信箱里发现了布里斯送给我的另一件礼物。那是块三叶虫化石，布里斯家乡的印第安人曾经将它们视为宝物。他卖给《大西洋月刊》的短篇小说之一就叫《三叶虫》。

布里斯·潘凯克身上有个谜团我永远不会宣称我已经解开了。它和种族无关，而是关乎他的想象时常退缩进入的那个小房间。我总是认为，他送人礼物是想让其他人远离那块极其私人的领地，将他们的注意力集中在他创造出的人格上，他使用的原材料是他最优秀的那些特质。除了一件小事，我没什么证据能够支持这个结论，然而这件事却使得我更加坚信不疑。

事情发生在 1977 年夏天的一个夜晚。那段时间我们在看里娜·韦特缪勒导演的电影，那天晚上，当地有家影院放映《七美人》。我打电话给布里斯，想问他要不要去看。电话没人接。后来我又打了一次，让铃响了许多下。最后终于有人拿起听筒，问我找谁。我说我找布里斯。他说我打错号码了，布里斯已经不住这儿了。他的语气里带着警察的粗暴和权威。然后他捂了一会儿听筒，我在背景里能隐约听见布里斯和另外几个人之间飞快地交谈。后来，那个人又回到电话上，问我的名字和号码。他说布里斯会给我回电话。但这时布里斯本人接过听筒，问我有什么事。我说找你看电影。他说他没法去，因为他当天晚上要回西弗吉尼亚，但等他回来一定会找我的。那之后没多久，我也离开了夏洛茨维尔，直到九月初才再次见到布里斯。他送我三叶虫化石就是那时候的事情。不久之后他让我保证，永远不会告诉别人，夏天我打电话给他的那个晚上发生了什么。

1978 年初夏，我离开夏洛茨维尔，前往康涅狄格州的纽黑文。卡特依然是总统，但我关于南方的看法已经发生了巨大的变化。我希望——要是运气好——这辈子我都别回夏洛茨维尔了。我开始盘算着恢复我以前的生活方式，继续扮演一个来自南方的难民。然而生活这东西，就是那些我们在制定计划时临时发生在身上的事情。那年初秋，我得知我在第二年开春前就会当上爸爸。差不多在同一时期，布里斯从夏洛茨维尔寄来的包裹送到了我在纽黑文的公寓。我没打开包裹。我知道里面肯定是个礼物，但我也知道，与布里斯重新取得联系会把我的记忆带回夏洛茨维尔，而我只想彻底摆脱那个地方。直到1979年4月9日晚上，我才打开布里斯寄来的那个包裹。

4月8日夜里，我做了个梦，梦里有布里斯。凶恶阴险的人把我关在一个房间里，强迫我吃我不想吃的东西。布里斯也在场，但我不记得他在那出戏里扮演什么角色了。我在天亮前醒来，发现妻子已经开始宫缩。我在耶鲁-纽黑文医院的产房里度过了那个白天。傍晚，我去耶鲁大学教了一门课，挣了100美元。然后我走路回家，满足于我的人生新方向：作为蕾切尔·爱丽丝·麦克弗森勤奋工作的父亲。然而，公寓里有一封约翰·凯西从夏洛茨维尔发来的电报在等我。电报通知我，布里斯·潘凯克在昨天夜里自杀了。

我立刻打电话到夏洛茨维尔，约翰的妻子简·凯西告诉了我具体情况。布里斯喝了不少酒。出于天晓得什么原因，他进入他小窝附近的一户人家，坐在黑暗中，直到户主回来。他发出了一些声音——有可能是站起来，也可能是说了句话——户主吓坏了，以为他是窃贼。布里斯从他们家跑回自己的住处。然后不知道为什么，他拿起一把霰弹枪，把枪管放进嘴里，轰掉了自己的脑袋。

我根本不相信这套说法。

我猜布里斯躲进邻居家自有他的理由。可能出于个人问题，也可能出于情感需要。无论如何，我都相信他有着非同寻常的理由要那么做。身为作家，假如要我相信有关布里斯"自杀"的任何说法，并从中吸取什么教训，那么这个教训必定和他过的那种生活有关。我相信布里斯确实喝了几杯，然后发现自己被锁进了他随身携带的那个密室。我认为，他在夏洛茨维尔送出了那么多礼物，向那么多人发出了信号，那个夜晚对他来说肯定很难熬，他觉得他应该有资格向其他人求助。我认为，我相信，他太不善于表达自己的感情了，异常害怕自己会被拒绝，因此当那对夫妇回到家里，他一时间惊慌失措。无论他绝望的原因是什么，他都无法通过他自己创造的人格表达出来。一个人把自己的人格塑造成供养者，他怎么还能期待从他人那里得到什么呢？他人在身体上可以和他亲近，但在情感上依然是陌生人，他该如何向他们解释那个密室里藏着什么呢？一方面是终其一生不分青红皂白地付出，另一方面是渴求他人的善意——哪怕仅仅是一句友好的话，一个人与人之间相互理解的瞬间——他该如何调和这两者的关系呢？而假如这种需要完全浸泡在苦涩与失望之中，除了变成文字，在关键时刻就连尝试本身似乎都毫无出路呢？遇到这样的情况，一个人也许会看看打字机，再看看剩下的整个世界，然后放弃挣扎。菲尔·奥克斯上吊自杀了。布里斯·潘凯克吞枪自尽了。我们其余的人，要是我们足够幸运，无法想象如此极端的反抗行为，就会勉强忍受下去。

收到噩耗的那天深夜，我打开了前一年秋天布里斯寄给我的包裹。里面有些铁路工人的老照片、几首诗和一封信。信的第一句话就说清了整个故事："你没有义务非要回信不可。"但他无论如何还是希望我能回信。照片来自他的家族收藏，是他即将去世的姑姑朱莉娅托付给他的。他想把照片送人而不是卖掉。诗歌表达了这同一种冲动的延伸。"另外附上一些你也许会感兴趣的诗——再说一遍，我不是在求你回信，只是想分享见闻。我去斯汤顿惩教所（监狱），偶然认识了这位老兄（一名囚犯）……我不懂诗，就把（他的诗）给了（诗人）格雷格·奥尔……他很喜欢，正在尽他所能帮忙寻找买家。总而言之，关于贵族义务的那个拉丁短语是什么来着？假如它确实是我想的那个意思——帮助他人——那贵族义务作为一种责任或使命也不赖。咱俩还是回去接着干活吧。"

从纯粹的社会学角度来看，布里斯·潘凯克的工作就是帮助他人，馈赠他人。我认为他身上的那个部分，西弗吉尼亚与弗吉尼亚交界处的那个部分，想要证明那些十八世纪贵族式的古老价值观，但这些价值观早已丧失现实基础，尤其是在夏洛茨维尔。他努力想成为一个穿蓝色牛仔裤的贵族。但他来自南方的中下阶层[1]，他的口音会让人联想到一些特定的东西，他找不到符合世俗的方式来表达他自己的需要；他活着的时候，我们很多人无法理解他是谁，他是什么。

几周后，我把他送我的三叶虫化石转送给了在几次约会后允许他亲吻脸颊的那个姑娘。她已经离开夏洛茨维尔，当时在纽约工作。

---

[1]　与前文说布里斯出身于西弗吉尼亚中产阶层矛盾，原文如此。

三叶虫

我拉开卡车的车门，踏上铺砖的小街。我再次望向伙伴山，它整个儿被打磨得圆滚滚的。很久以前它也曾崎岖不平，屹立于泰兹河中像个小岛。超过百万年的岁月打磨出这个光滑的小丘，而我走遍它的每一个角落寻找三叶虫化石。我想着它如何一直存在于此处，未来也将一直如此，至少对我来说是这样。夏季雾气蒙蒙。一群椋鸟从我头顶掠过。我在这片乡村出生，从未正经想过离开。我记得老爸死气沉沉的眼睛盯着我。它们无比冰冷，从我身上带走了某些东西。我关上车门，走向小餐馆。

我看见路面上有块水泥补丁。它形状像佛罗里达，我想起我在金妮的毕业纪念册上写的话："我们将以杧果与爱为生。"后来她起身离开，扔下我一个人——她扔下我去南边已经两年了。她寄明信片给我，正面印着鳄鱼摔跤[1]手和火烈鸟。她从没问过我任何问题。想到

[1] 佛罗里达州的一项传统运动，由印第安人捕猎鳄鱼的传统发展而来，是一项危险的竞技项目。参赛者须施展一系列高难度动作骑上鳄鱼并将其制服。

我写的话，我觉得自己特别傻，我走进小餐馆。

店里空荡荡的，我在空调冷气里坐下来。廷克·赖利的小妹给我倒咖啡。她的屁股很好看，有点像金妮的，都从臀丘到双腿画出漂亮的弧线。臀部和双腿就像登机舷梯。她回到柜台前，继续大口吃她的圣代。我对她微笑，但她是个祸水妞[1]。未成年少女和黑蛇，这两样你让我拿着窗帘杆远远地捅一下我都不敢。有次我抓起一条老黑蛇当鞭子使，甩断了鬼东西的脑袋，老爸用它抽得我屁滚尿流。我想到老爸有时候如何能让我气得发疯，不禁咧嘴笑笑。

我想起昨晚金妮打电话给我。她老爸开车从查尔斯顿的机场接她回来。她已经觉得无聊了。咱们能聚聚吗？当然。喝两杯啤酒？当然。还是那个老科利。还是那个老金妮。她叽叽喳喳说个没完。我想对她说我老爸去世了，老妈正在想方设法卖掉农场，但金妮就是叽叽喳喳说个没完。听得我寒毛直竖。

就像杯子让我寒毛直竖一样。我望向杯子，它们挂在店头旁的木钉上。杯子上贴着姓名，积满了油脂和灰尘。杯子一共有四个，其中一个属于我老爸，但让我

---

[1] 祸水妞（jailbait）指有性吸引力但因年纪太小，无法与之发生合法性关系的少女，通常含贬义。

寒毛直竖的不是它。最干净的一个属于吉姆。干净是因为他还在用，但它和另外三个一起挂在那儿。望向窗外，我见到他正在过街。他有关节炎，关节像是被灌了水泥。我不禁想到我离嗝屁还有多久，吉姆老了，看见他的杯子挂在那儿让我寒毛直竖。我走到门口去扶他进来。

他说："快去说点真心话吧。"老爪子钳住我的胳膊。

我说："不能搞她。"我帮他坐上他的高脚凳。

我从口袋里掏出那块圆滚滚的石头，拍在吉姆面前的柜台上。他用枯瘦的手转动石块，仔细研究。"腹足纲，"他说，"很可能是二叠纪的。又轮到你请客了。"我赢不了他。这些东西他全认识。

"我还是找不到三叶虫化石。"我说。

"还剩一些，"他说，"但没多少了。附近的露头岩，年代都比较晚。"

姑娘用吉姆的杯子端来咖啡，我们目送她一扭一扭地走回厨房。真是个好屁股。

"看见了？"吉姆朝她摆摆头。

我说："芒兹维尔糖蜜。"我在一英里外就能认出祸水妞。

"妈的，当初在密歇根，姑娘的年纪从没拦住过你老爸和我。"

"真的?"

"当然。不过你必须算好时间，提起裤子刚好能赶上当天的第一班货运列车。"

我望向窗台。那儿星星点点地躺着苍蝇的枯干尸体。"你和我老爸为什么离开密歇根?"

吉姆眼角的皱纹松弛下来。"战争。"他说道，然后喝了口咖啡。

我说:"他再没回去过。"

"我也一样。倒是一直想回去来着，或者去德国——只是随便看看。"

"是啊，你们在战争中把银器和各种好货埋了起来，他答应要带我去看看。"

他说:"易北河上。现在多半已经被人挖出来了。"

咖啡倒映我的眼窝，蒸汽环绕我的面庞，我感觉头痛即将到来。我抬起头，想问廷克的妹妹要阿司匹林，但她在厨房里咯咯笑得正欢。

"他就是在那儿受伤的，"吉姆说，"易北河上。他昏迷了很久。冷，我的天，真的很冷。我以为他死了，但他醒了过来。说:'我走遍了整个世界。'还说:'吉姆，中国可真美啊。'"

"梦见的?"

"谁知道呢。很多年前我就不再琢磨这些了。"

廷克的妹妹拿着咖啡壶来找我们讨小费。我问她要阿司匹林，看见她锁骨上有颗青春痘。我不记得我见过中国的照片。我望着小妹的臀部。

"特伦特还想要你家那块地造廉租房？"

"没错，"我说，"老妈也多半会卖给他。我没法像老爸那样经营那地方。甘蔗长得一塌糊涂。"我喝完我那杯咖啡。我厌倦了谈论农场。"今晚和金妮出去。"我说。

"替我给她这个。"他说，戳了一下我的裆部。我不喜欢他这么谈论她。他注意到我不喜欢，诡笑随之消失。"帮她老爸搞了很多天然气。他老婆离开前，他也算一号人物。"

我在高脚凳上转身，拍了拍他瘦弱衰老的肩膀。我想到老爸，试着开玩笑。"你太难闻了，殡仪馆老板会跟着你的。"

他大笑："知道吗，你生下来是全世界最难看的一个娃。"

我咧嘴笑笑，走向店门。我听见他对小妹喊："宝贝儿，过来一下，给你说个笑话。"

天空中有一层薄雾。热浪穿透我皮肤上的盐，绷紧皮肤。我发动卡车，沿着公路向西驶去，公路修建在泰兹河干涸的河床上。谷底很宽，连阳光都驱不散的滚滚黄雾笼罩着两侧的山峦。我经过公共事业振兴署立下的铁牌："泰兹河峰，由乔治·华盛顿勘测。"我在建筑物耸立之处见到田地和牛群，想象它们多年前的样子。

我拐下主路，开向我们家。云朵使得阳光在院子里照出明暗光影。我再次望向老爸倒下的那块地方。他手脚摊开躺在厚厚的草丛中，他以前受伤时留下的一小块金属钻进了大脑。我记得我当时在想，草叶在他脸上留下了印子，看上去多么憔悴。

我来到高耸的谷仓旁，发动拖拉机，开到我家田地尽头的小丘前停下。我坐在那儿抽烟，再次望向甘蔗地。一排排甘蔗弯成紧密的曲线，但它们身上长满了土色的疤痕，叶子因为枯萎病而发紫。我懒得去琢磨枯萎病。我知道甘蔗早就完蛋了，所以没必要担心枯萎病。远处有人在砍木头，飘来斧子砍进木料的回音。阳光炙烤山坡，热浪腾腾，仿佛幽魂。我家的牛群走向风口，鸟儿躲在树冠中，我们一直没有为了扩展牧场而砍掉那些树。我望着坑坑洼洼的古老边界立柱。属于流浪汉和士兵的日子结束后，老爸立下了那根柱子。它的木料来自一棵洋槐，将会在那里挺立很久。几朵凋谢的牵牛花攀附在立柱上。

"我真的不擅长这个，"我说，"一件事你不擅长，累得要死要活也没用。"

砍木头的声音停了。我听着蚂蚱摩擦翅膀，眯起眼睛在河谷的另一头寻找枯萎病的踪影。

我说："是的，科利，你没法在一堆马粪里种菜豆。"

我在拖拉机底盘上碾灭烟头。我可不想引起火灾。我按下启动钮，颠簸着在田地里转圈，然后开下逐渐干涸的溪流的浅滩，过河开上另一侧的缓坡。乌龟爬下木头，掉进凝滞的水洼。我停下拖拉机。这儿的甘蔗情况同样不妙。我抬起手，揉着后脖颈上的一块晒伤。

我说："完蛋了，金。怎么都搞不好了。"

我向后一靠，努力忘记农田和两侧的山峦。在我和这些器具出现之前很久，泰兹河曾在这里流淌。我几乎能感觉到冰冷的河水和三叶虫爬过时造成的刺痒。发源于古老群山中的河流全都向西而去。但后来大地拱升。我只有河谷和我搜集的动物化石。我眨眼，呼吸。我父亲是甘蔗林里一团卡其色的云，金妮对我来说不过是山梁上黑莓丛中的苦涩气味。

我拿起麻袋，下河去抓乌龟。河岸下，白鲦的身影一闪而过。斑驳的水苔之中，我看见涟漪扩散，那是一只乌龟躲进了水里。蠢东西是我的了。水洼散发着腐败的气味，阳光照出刚硬的棕色。

我蹚水向前走。乌龟游向一截木头的根部。我乱插了几下，感觉到鱼叉在抽动。一只聪明的乌龟，但依然是个蠢东西。要是它能活下去，我打赌它能咬掉鱼钩上的鸡肝，但它在我挥动鱼叉的时候游进树根就太愚蠢了。我把它拉出水面，发现这是一只鳄龟。它把粗短的脖子扭过来，企图咬断鱼叉。我把它放在沙滩上，取出老爸的匕首。我踩住它的甲壳，用力向下压。肥胖的脖子立刻变细，长长地伸了出来。鱼叉插出来的伤口只流了一点血，但我一下刀，涌出来的鲜血就积成了血泊。

一个声音说："科利，抓了一条龙？"

我吓得一哆嗦，抬头向上看。原来是放债人，他身穿茶褐色的正装，站在河岸上。他脸上有一块块的粉色，阳光把变色镜映成了黑色。

"我时不时就想吃两口。"我说。我继续划开软骨，向后剥皮直到龟壳处。

"哎，你老爸就爱吃龟肉。"男人说。

我听着甘蔗叶在下午的阳光中沙沙作响。我把内脏扔进水洼，其余的部分装进麻袋，重新爬上浅滩。我说："有什么事找我吗？"

他开口道："我在路上看见了你，下来只是想问问，你觉得我的出价怎么样。"

"昨天我说过了，特伦特先生。卖地由不得我来决定。"我放缓语气。我不想伤感情："你得找我老妈谈。"

血从麻袋滴到土里，尘土变成暗色的泥浆。特伦特把双手插进口袋，扭头望向甘蔗地。乌云遮住了太阳，我的庄稼在云影中发出绿油油的光。

"附近差不多就剩这一个真正的农场了。"特伦特说。

"干旱没弄死的也会毁在枯萎病手上。"我说。我把麻袋换到另一只手上。我知道我正在败退。我正在让这个人步步紧逼，推着我团团转。

"你母亲怎么样？"他说。他戴着变色镜，我看不见他的眼睛。

"挺好，"我说，"她想搬家去阿克伦。"我朝俄亥俄的方向甩了一下麻袋，几滴血溅在特伦特的裤子上。"不好意思。"我说。

"会洗干净的。"他说，但我希望不会。我咧咧嘴，看着乌龟张开嘴巴的脑袋躺在沙滩上。"咦，为什么选阿克伦？"他问，"那儿有亲戚？"

我点点头。"她家里的，"我说，"她会接受你的出价的。"炽热的云影淹没了我，我的声音仿佛耳语。我把麻袋扔进拖拉机，爬上去转动启动摇柄。我感觉好些了，前所未有。炽热的铁皮座位隔着牛仔裤烫我的屁股。

"在邮局看到金妮了，"男人喊道，"确实是个美人儿。"

我挥挥手，几乎是微笑着挂挡，轰隆隆地开上土路。我经过特伦特积满灰尘的林肯车，渐渐远离我遭了瘟病的甘蔗。全都可以忘记了；陈年种苗，干旱，枯萎病——等她在文件上签字，就全都可以忘记了。我知道责备会永远落在我身上，但这不可能只是我一个人的错。"你呢？"我说，"那天一整个上午你的半边身子都在疼，但你就是不肯去看医生。不，先生，你必须去盯着你的傻儿子，免得他种歪地里的庄稼。"我闭上嘴巴，否则我会像白痴似的说个不停。

我把拖拉机停在通往谷仓的垫高土路上，扭头望向甘蔗田另一头的河床。昨天特伦特说他会用泥土填满河谷。这样房屋就会位于洪水之上了，但另一方面又会抬高洪水线。在那些房屋之下，我的乌龟们会变成石头。我们的海福特牛在山坡上啃出了一块块黄褐色的秃斑。我看见老爸的坟，不知道水位升高后会不会淹没它。

我看着牛群嬉戏。大概是快下雨了。牛群嬉戏往往预示着下雨。有时候它们也会在下雪前嬉戏，但大多数时候是下雨前。老爸用黑蛇打得我灵魂出窍之后，他把黑蛇挂在栅栏上。但没有下雨[1]。那天牛群没有嬉戏，天没有下雨，但我把嘴巴闭得紧紧的。被蛇抽就够疼

---

[1]　美国部分地区的民间迷信，认为把死蛇挂在栅栏上就会下雨。

了，我可不想挨皮带。

我盯着那座山丘看了很久。我和金妮的第一次就是在那座山丘顶上的树林里。我想到当时我们是多么亲密——也许现在仍然亲密，谁知道呢。我想和金妮走，在任何一块野地里散开她的头发。但我能看见她在邮局里。我敢打赌她在给佛罗里达的某个男人寄明信片。

我继续驶向谷仓，把拖拉机停在棚子底下。我用袖子擦掉脸上的汗，注意到衣服的接缝从肩膀上滑开了。要是我坐直，就能把衣服重新撑起来。乌龟在麻袋里蠕动，龟壳磕碰鱼叉的声音听得我寒毛直竖。我拎着麻袋走向水龙头，去清洗猎物。老爸一向喜欢用龟肉做炖菜。在我发现他倒下前的一个小时，他还说了很多炖菜和丛林里的事情。

我想着等金妮过来，不知道会是个什么光景。希望她别口若悬河说个没完。也许这次她会带我去她家。要是她母亲不是老爸的表亲就好了，她父亲肯定会让我进门的。去他妈的。但我可以和金妮说话。天晓得她还记不记得我们为农场盘算的计划。还有我们想生小孩。她经常唠叨着孔雀什么的。我会给她弄一只来。

我笑着把麻袋扔进锈迹斑斑的水槽，但谷仓里的气味——干草、牛群、汽油——提醒我：我和老爸一起建造了这个谷仓。我看着每一颗钉子，扎得心里钝钝地痛。

我洗干净龟肉，放在从旧床单上扯下来的一块布上。我从四个角折好布包，走向屋子。

天很热，但有风，吹得厨房窗户上的纱窗嗒嗒作响。我在屋里能听见老妈和特伦特在前门廊上交谈，我留着窗户没关。他说的还是昨天他给我灌的那碗迷魂汤，我敢打赌老妈就快沦陷了。她多半在想，去了阿克伦可以和她的亲戚们喝茶聊天。她从不听别人在说什么。除了我和老爸的话，别人无论说什么她都说好的。和老爸结婚前，她甚至投票给胡佛呢。我把龟肉倒进煮锅，拿了瓶啤酒。特伦特在拿我说事了，我竖起耳朵。

"我保证科利一定会赞成。"他说。我在他的声音里依然能听见山地人的鼻音。

"我跟他说了，萨姆能把他弄进古德里奇[1]，"她说，"他们会教他一门手艺的。"

"阿克伦有很多好样的年轻人。你知道他会过得更快乐的。"我觉得他的声音像是来自该死的电视机。

"唉，他就喜欢陪在我身边。自从金妮去上大学，他就没出过远门。"

---

[1] 指古德里奇公司（B.F. Goodrich Company），美国大型汽车轮胎及配件生产公司，现已并入联合技术公司（United Technologies Corporation）。

"阿克伦有一所大学。"他说，但我关上了窗户。

我靠在水槽上，用双手搓脸。我的手指间浸透了龟肉的气味。和水洼是同一种气味。

穿过通往客厅的门，我看见了老爸为我做的化石收藏架。亮闪闪的黑色玻璃背后插着白色标签。有一半藏品是金妮帮我找到的。要是我去大学念了书，回来后就可以在气井接替吉姆了。我喜欢保存多年前曾经活过的小小化石。但地质学对我来说啥也不是。我甚至连一块三叶虫化石都找不到。

我翻动肉块，听着门廊上的响动或交谈声，但什么都没听见。我向外看。一道闪电剥除了院子里的暗影，在洞窟般的谷仓里留下一条黑色的印痕。凝滞的空气中，我搓掉皮肤上的泥垢。我拿着晚饭走上门廊。

我俯视山谷，最初的铁轨铺设之前，野牛曾经在那里吃草。现在公路覆盖了铁轨，车辆在风中来回驰骋。我看着特伦特的车倒出去，驶向东面的镇子。我不敢立马去问他有没有得到他想要的东西。

我把盘子放在老妈的鼻子底下，但她挥挥手表示不要。我坐进老爸的旧摇椅，看着暴风雨来临。尘卷风在小径上乱吹，枫树的嫩枝落在院子里，白色的底面翻了上来。路的另一侧，我们家的防风林弯下腰，成排的雪松同时向四面八方倾倒。

"要来场大的了？"我说。

老妈不说话，用殡仪馆的扇子给自己扇风。风吹得她的头发层层分开，但她还是发疯似的扇动那块纸板上的耶稣像。她的表情变了。我知道她在想什么。她在想，她已经不是壁炉架上照片里的年轻女人了。她不再歪戴着老爸的军帽站在那儿了。

"他在的时候我希望你出来的。"她说。她望着路对面的防风林。

"昨天我听他说过了。"我说。

"不是这个意思，"她说，我看着她的眉头皱起来了一点点，"就好像吉姆打电话问我们要不要豆子，我只能叫他去教堂的时候给我放在车上。男人和寡妇打交道，我保证会有人传闲话。"

我知道吉姆说起话来像个没脑子的老屁虫，但他恐怕不会强奸我老妈或者怎么她。不过我不想和她争论。"好吧，"我说，"这地方归谁了？"

"现在还是咱们的。明天之前什么都不用签。"

她不再摇动耶稣像，扭头盯着我。她开口道："你会喜欢阿克伦的。老天，我敢打赌玛西的小女儿会很高兴认识你。她也经常到处去找石头。另外，你父亲一直说等你长大，能管理农场了，我们就搬到阿克伦去。"

我就知道她要说这些。我只是闭紧嘴巴。雨下起来了，叮叮咚咚敲打屋顶的铁皮。我看着狂风掰断树枝。远山背后，苍白的电光劈裂天空。这场暴风雨只是从我们这儿擦过。

金妮的运动轿车在路上向东疾驰而去，经过时按响喇叭，但我知道她会回来的。

"和她妈一个样，"老妈说，"心急火燎地往啤酒馆赶。"

"她都没怎么见过她妈。"我说。我把盘子放在地上。金妮想到了要按喇叭，我很高兴。

"要是我和气井的哪个工头私奔了怎么办？"

"老妈，你不会这么做的。"

"也是，"她说，看着车辆来来往往，"在芝加哥开枪打死了她，然后自杀了。"

我望向山峦和时间的另一头。我看见如云的红发披在枕头上，子弹打得鲜血四溅。另一具尸体蜷缩着，热乎乎地躺在床脚下。

"大家说他杀人是因为她不肯嫁给他。在他口袋里发现了两枚结婚戒指。暴躁的意大利小子。"

我看见警察和记者挤在狭小的房间里。喃喃交谈声飘进走廊，但没人仔细去看死去女人的脸。

"唉，"老妈说，"还好他们都穿着衣服。"

雨势渐缓，我在门廊上坐了好一会儿，望着路边的菊苣随风摇曳。我想到我认识的离开这些山峦的每一个人。只有吉姆和老爸回到这片土地上，耕耘经营。

"看，柳丝雾。"老妈指着山上。

雨点滴落，渗下去冷却土地，雾气随即升起。雾气仿佛小小的鬼魂，盘卷着钻进树木和沟渠。阳光企图穿过这片云雾，但只在绯色的天空中造出一团晦暗的棕色斑块。无论雾气飘到哪儿，光线都会变成发亮的橘红色。

"想不起来老爸管它叫什么了。"我说。

光彩变幻，交换色调。

"他最爱起一些稀奇古怪的名字。管公猫叫'肏母猫的'。"

我跟着回想。"玉米片叫'苞谷粑子'，小鸡叫'仔鸡儿'。"

我们放声大笑。

"唉，"她说，"他会永远和咱们在一起的。"

椅子扶手上黏糊糊的油漆塞满了我的指甲缝。我在想，她可真会搅和一顿好好的免费大餐。

金妮又在主路上按喇叭了。我起身准备进屋，但我抓住纱门，想找点什么告诉老妈。

"我不会去阿克伦生活的。"我说。

"那么，先生，你打算去哪儿生活？"

"不知道。"

她又开始摇扇子了。

"我和金妮去兜兜风。"我说。

她不肯看我。"早点回来。特伦特先生不会为了酒鬼等到很晚。"

屋里静悄悄的，我能听见她在外面吸鼻子。但我他妈能怎么办呢？我飞快地去洗掉手上的龟肉味。水流下来的时候，我从头到脚打了个哆嗦。我顶嘴了。我之前从不顶嘴。我很害怕，但颤抖停止了。可不能让金妮看见我颤抖。我径直走向主路，一次都没回头去看门廊。

我上车，让金妮亲吻我的面颊。她看上去不一样了。我从没见过她身上的这些衣服，另外她的首饰也太多了点。

"你看着不赖，"她说，"一点儿没变。"

我们沿着公路向西开。

"咱们去哪儿？"

她说："找地方怀念一下旧时光。火车站怎么样？"

"没问题，"我转身拿了一罐瀑布城啤酒，"你把头发留长了。"

"喜欢吗？"

"嗯，喜欢。"

我们开车。我望着彩色的雾气，光线在改变色调。

她说:"今天晚上有点怪,对吧?"声音像是从她鼻子里冒出来的。

"老爸管这个叫'傻瓜之火'还是什么的。"

我们在旧火车站旁边停车。火车站的门窗基本上全用木板封死了。我们喝啤酒,看着天空中的色彩渐渐变成灰蒙蒙的暮色。

"你看过你的毕业纪念册吗?"我喝完我那罐瀑布城。

她疯狂大笑。"知道吗,"她说,"我都不知道我把那东西塞到哪儿了。"

我感觉太难过了,连一个字都不想说。我望向铁轨另一头种着梯牧草的田地。那儿有气井,气泵抽出古老的天然气。天然气燃烧成蓝色的火焰,我心想,不知道古代的太阳是不是也是蓝色的。铁轨向远方延伸,在棕色的暮霭中汇集成一个点。道闸发出咔咔的声音。气罐车在支线上等待。生锈的车轮和铁轨结在了一起。我在思考我到底为什么想搜集三叶虫化石。

"石营镇今晚有大活动。"我说。我看着金妮喝酒。她的皮肤可真白,在夕阳中泛着黄色的光彩,最后一抹阳光把她的红发映成火花。

她说:"我这么靠近气井,老爸会暴跳如雷的。"

"你已经是个大姑娘了。来,咱们下去走走。"

我们下车，她贴过来，抱住我的胳膊。她的手指像缎带似的抚过我手背上的静脉。

"你回来待多久？"我说。

"这儿就待一个星期，然后去纽约和老爸待一个星期。我等不及想回去了。一切都那么好。"

"你找到男人了？"

她看着我，露出她特有的好玩笑容。"对，我找到男人了。他研究浮游生物。"

从我顶嘴的那一刻起，我就一直很害怕，但这会儿我又感觉受到了伤害。我们来到气罐车旁，她抓住竖梯，爬了上去。

"就是这样对吧？"她的样子很好笑，她蜷成一团，像是跳上了疾驰中的火车。我哈哈大笑。

"要扒就扒靠近车头的那一侧。要是滑下来，你会被甩出去。你这么扒车会被吸到底下去的。再说也没人会扒气罐车。"

她爬下来，但没抓住我的手。"他什么都教给你了。他怎么死的？"

"一小块弹片。从打仗那会儿就在他身体里了。钻进了他的血管……"我打个响指。我想说下去，但画面无法变成语言。我看见自己崩离四散，每个细胞都离其他细胞几英里远。我把它们压回去，在黑黢黢的草地跪下。我把尸体翻过来，面朝上，我盯着那双眼睛看了很久，最后合上它们。"你从不提起你妈。"我说。

她说："我不想说。"然后跑向火车站一扇打开的窗户。她向内张望，然后转向我。"咱们能进去吗？"

"进去干什么？里面什么都没有，除了称货物的地秤。"

"因为很吓人，很好玩，我想进去。"她跑回来，亲吻我的面颊："我看够了这张阴沉沉的脸。给我笑！"

我认输了，走向火车站。我拖了一把朽烂的长凳到破窗底下，站上去爬进屋里。我抓住金妮的手，扶着她进来。一块玻璃碴儿划破了她的前臂。伤口很浅，但我还是脱下T恤，裹住她的胳膊。鲜血把衣服染成紫色。

"疼吗？"

"不怎么疼。"

我看见一只泥蜂落在玻璃碴儿上。它沿着边缘爬行，钢蓝色的翅膀轻轻扇动。它舔食金妮被玻璃剐掉的皮肉。我听见它们在墙里活动。

金妮走到另一扇窗户底下，凑到三合板上的节孔前向外看。

我说："看见第二座山上的绿色光点了吗？"

"看见了。"

"那是你家屋顶上包的铜。"

她转过来，盯着我。

"我经常来这儿。"我说。我呼吸着有霉味的空气。我从她面前转过去，从那扇窗户望向伙伴山，但我能感觉到她的视线。暮色中的伙伴山显得愈加庞大，我想着镇子周围我从没涉足过的那些山丘。金妮走到我背后，咯吱咯吱地踩着碎玻璃。受伤的胳膊抱住我，那一小块血迹凉丝丝地贴在我背上。

"怎么了，科利？咱们为什么不找点乐子？"

"还是个小混账的时候，我试过离家出走。我步行穿过这座山另一侧的牧场，一个黑影从我身上经过。我对天发誓，我以为那是一只翼龙。其实只是一架飞机。我吓得要死，就回家去了。"我从窗框上剥掉脱落的油漆，等她开口。她靠在我身上，我深深地吻她。我的双手握住她的纤腰。朦胧的暮色中，她的脖子似乎白得过分。我知道她不理解我。

我慢慢地把她放在地上。她的香味升向我，我推开几个板条箱，腾出空间。我没有等待。她不想做爱，只是想打炮。行啊，我心想，没问题。打炮。我把她的裤子脱到脚踝，插入她。我想着廷克的妹妹。金妮不在这儿。我身子底下是廷克的妹妹。一道蓝光从我身上掠过。我睁开眼睛，看着地板，闻到木头被雨水泡湿的怪味。黑蛇。他只有那次非得抽我一顿不可。

"带我和你一起走。"我说。我想感到抱歉,但我做不到。

"科利,别这样……"她把我向后推开。她的脑袋在剥落的油漆和玻璃碴儿之间转动。

我盯着遮蔽她双眼的空洞阴影看了很久。她是我很久以前认识的某个人。我有一分钟都不记得她叫什么了,然后记忆回到我的脑海里。我靠墙坐下,我的脊梁感到酸痛。我听着泥蜂筑巢的声音,用一根手指抚摸她的咽喉。

她说:"我想走了。我胳膊疼。"她的声音从胸膛深处传来。

我们爬窗出去。枕木上方亮起一盏黄灯,道闸咔咔扳动。远远地,我听见火车驶来。她把 T 恤还给我,坐进她的车里。我站在那儿,盯着衣服上的血斑。我觉得无比苍老。等我抬起头,她的车尾灯已经模糊成雾气中的湿红光斑。

我绕到月台上,跌坐进一张长椅。晚风吹凉了我的眼皮。我想到那是唯一一次飞机从我头顶上掠过。

我想象我父亲——一个年轻的流浪汉,密歇根的夕阳照得他眯起眼睛,湖水在他背后。他面容坚毅,因为他在那么多地方挣扎求生了那么多个日子,我突然明白了,他错就错在不该回来,在小丘上竖起那根洋槐立柱。

"有没有注意过，下过雨以后只有蓝色萤火虫会飞出来？几乎没见过绿色的出来。"

我听见火车驶近。她[1]开得飞快没错。盲目地拖着重负，一点也不疲累。

"唉，你知道泰兹河曾经肯定是条大河。只需要站在伙伴山上眺望河谷，你就会知道。"

她发出的噪声沉甸甸地压在我的皮肤上。她的光芒在雾气中犁出一道宽阔的缺口。一个人只要脑子还正常，就不会企图去扒这列火车。她打定主意，不接受你的挑选。

"吉姆说它曾经流向西北偏西，直到流进圣劳伦斯河。河里以前有雀鳝，有十，不，二十英尺长。他说现在河里还有。"

可爱的老吉姆，说这种话多半在扯谎。我望着火车隆隆驶过。一根旧枕木受到车厢的重压，一下一下地吐出泥水。她太快了，我没法跳上去。就这么简单。

我站起来。我要回家过夜。我会在密歇根闭眼休息——也许甚至在德国或中国，此刻我还不知道。我开始走路，但我并不害怕。我感觉我的恐惧如涟漪扩散，荡漾过百万年的时光。

---

[1] 原文中，此处及下文指代火车时均用代词 "she"。

空　谷

三英尺高的矿坑里，巴迪跪在地上，沉浸在装车班组的工作节奏之中；煤和砂岩被他的头灯照得闪闪发亮。装矿，抬升，倾倒。这儿一点也不像真正的矿井，没有深入地底的隧道和运送矿工的小车，只有装矿、抬升和倾倒，只有班组人员的头灯亮光。在往复的动作之间，他回想起父亲把他放进蓄水池的情形：许多个夏天以前，他触摸凉丝丝的瓷砖墙，感觉到底下池水的潮气，听见滑车在顶上的蓝色圆圈中吱嘎作响。桶底的铁皮在他的小脚下变形，他开始哭。他父亲把他拉上去。"我们就是这么干活的。"他大笑，抱着巴迪走向屋子。

但那是在一切发生之前了：在他们搬离山梁之前，在大型煤矿关门之前，在领救济金之前。同班组的工友静悄悄的，巴迪心想他们大概也在想各种蠢事。从他蹲伏的地方，他能看见矿坑裂口的灰色光亮，三月的风卷起一团团尘土灌进来。半吨容量的小车满了，班组里的最后一个人推着它沿木轨走向溜眼。

洞口传来"休息一下"的喊声，巴迪放下铁锹，看见表弟柯蒂斯钻进洞口。柯蒂斯拖着一根白杨木的支柱，他经过装车班组，爬向工作面。巴迪看着柯蒂斯把木柱立起来——短了一点，柯蒂斯打了几个楔子，固定好支柱。

"好了？"巴迪问。

"当然没，但看着挺不错。"

埃斯特普，巴迪的工头，从嗓子眼里挤出一声笑。"该死的矿坑挖得太深了。这个洞里除了煤啥也没有。咱们几时才能碰到金子？"

巴迪感觉到埃斯特普的头灯照在他脸上，他转身面对灯光。埃斯特普笑嘻嘻的，打架留下的紫色破口在灰土中渗血，面颊上全是汗。

"嚼吗？"埃斯特普把小袋递给他，巴迪抓了三个手指的烟草，两人背靠背坐下，伸展腿脚，把烟草塞进嘴里。

"工作面搞得太高了。"埃斯特普说。巴迪能从后背感觉到他的声音。

"风暴溪也是这样。"他说，把压瘪的垫子向上拉到膝头。

"约翰逊挖的那儿也差不多。"

"柯特[1]，"巴迪喊道，"这个山梁的岩心样本是啥

---

[1]　柯特（Curt）是柯蒂斯（Curtis）的昵称。

时候取的？"

"妈的，我怎么知道？"他说着，想再打一个楔子进去。

"至少六十年前了，"埃斯特普说，"记得你爷爷朝他们开枪。以为他们是费城来的律师。"

"是啊。"巴迪大笑，想起了他听说的故事。

班组的其他人员聚在洞口附近透气，从那儿传来了尖细的笑声，巴迪的肌肉顿时绷紧。

"我迟早要拧断那个富勒的脖子。"他说，吐掉一口甜丝丝的烟草汁。

"你还没忘掉他说的话？"

"自从他搞到那辆车，就他妈屁也不是了。"

"是萨莉，对吧？"

"不，不关她的事。屁也不是……"

那伙人再次大笑，一个声音说："去问巴迪。"

"问他什么？"巴迪用头灯顺着一排脏兮兮的脸照过去；只有富勒的脸上挂着灿烂的笑容。

"萨莉是不是回去卖了？"富勒笑嘻嘻地说。

"肏你妈——"巴迪说，但还没等他站起来，埃斯特普就用双臂勾住了巴迪的两只胳膊肘，富勒看着他挣扎，放声大笑。柯蒂斯爬回来，揪住巴迪的衣领。

"我看你们都歇够了。"柯蒂斯吼道。他们听见煤块从煤仓里哗啦啦地倒进小车，于是捡起各自的铁锹，排成一列。

巴迪在柯蒂斯和埃斯特普面前放松下来。"今晚在小个子那儿见！"他朝富勒喊道。

富勒哈哈大笑。

"闭嘴吧，"柯蒂斯说，"你和埃斯特普去挖工作面。"

埃斯特普放开巴迪，他们爬向工作面，捡起短柄铲。工作面已经高四英尺了，两个人可以跪在那儿舒展身体，把闪闪发亮的煤块敲下来积成堆，接着向后推给班组装车。

"我打赌这整个山梁就是个厚厚的煤层。"

"好好干，一天挣他个十张大的。"

"老天做证。"巴迪说。他一边挖一边想，钱能不能让萨莉留下。他想到富勒，挖工作面的力气大了起来，敲得煤渣到处乱飞。

埃斯特普停下，用脏兮兮的袖子擦一只眼睛。巴迪咳得连呼带喘，煤块落在他的脚上。"别弄得像是在杀蛇，把碎渣往我眼睛里扔。"

巴迪停下。埃斯特普的声音浇灭了他的怒火，让他在工作面的微光中感觉渺小而寒冷，但同时又比埃斯特普和富勒勇敢、优越。

"对不起，我就是气坏了。"他咳了咳。

"今晚你有机会的。来吧，按节奏——一、二……"

他们一起有节奏地把煤块向后铲，逐渐加快速度。短柄铲的铿锵声和铁锹的刮地声钻进他们的肌肉，到最后，只有小车回返的隆隆声响能让他们慢下来。煤层在应该中断的地方继续生长，他们蹲坐着，朝着洞顶薄薄的灰色细线挖掘。

"找两把锄头来。"巴迪咧嘴笑道。

"算了，需要再加几根支柱。"

柯蒂斯猫着腰从装车班组身旁走向工作面，头灯的光束穿过上下翻涌的尘土。他来到两人背后，他们靠在侧壁上给他腾出空间，他把便携式水平仪贴在洞顶上，看着气泡升向液面。

"先停下，到星期一再说，"他说，"我们没有能用在这儿的木柱。"

他们向外爬向越堆越高的煤山，笑声穿过矿坑，飘向底下的工作面，巴迪平趴在地上，不慌不忙地向外钻。就算是一点一点往外蹭，他也还是爬得气喘吁吁，他在溜眼旁等埃斯特普和柯蒂斯，冷风吹干他的汗水，把尘土封在皮肤上。在运煤卡车低沉的隆隆马达声中，他听见一条狗在山谷里汪汪叫。他重重地坐下，靠在溜眼上。

从矿坑口到山顶是二十码的荒地，枯死的扫帚草在风中起伏。巴迪估计渣土在一个月内就能清空，采完这个煤矿也用不了一年。他知道萨莉不会等他，他不确定自己想不想要她。

他记得有段时间，花在萨莉的化妆品和时髦爱好上的钱足以让他的姐妹们和母亲享受些像样的东西，不需要全靠州政府发放的紫红色袋装食品度日。

埃斯特普爬出来，巴迪给他一支烟，他们望着卡车在煤仓下晃动，平衡它的负载。

"该死的家伙，当是摘樱桃呢。"埃斯特普嘟囔道，他说的是山坡底下远处的司机。

"那他有得摘了——那么多该死的煤。"巴迪望向西面的山梁，落日已是一道冰冷的火光。

柯蒂斯来到他们背后，笑着说："我要回家去喝个烂醉。"

"上次我这么干的结果是，"埃斯特普说，"又生了个孩子。得盯着点儿这个老疯子，免得他拆了小个子的店。"

"老天做证，我要去的就是那儿。"巴迪说，就好像他还有其他事情可做似的。

"给富勒留一口气，让他星期一还能钻狗洞就行。"柯蒂斯说，摘掉安全帽。巴迪望着他头发里没被煤灰侵染的灰色线条。

"我可不能保证。"巴迪说，沿着小径走向大路。

"晚上八点来接你。"埃斯特普喊道，看着巴迪在小径上挥了挥午餐盒。

夜幕从山谷中冉冉升起，巴迪走到积满尘土的进出路口，感觉到冷风冲刷他的身体，呛得他直咳嗽。几块云在山谷上空聚拢，散发出粉色的辉光。他拐上柏油马路，边走边用午餐盒敲打大腿，他记得他从小就讨厌富勒，因为富勒管他叫山梁爬子。在山谷里生活了二十年，他知道富勒为什么讨厌自己。

想到煤矿，他再次哈哈一笑。到秋天他就有轿车了，还会有一辆新的拖车，说不定甚至是辆双倍宽的。他试着琢磨该怎么说服柯蒂斯放弃钻狗洞，又考虑了一会儿要不要请萨莉和自己一起去希利恩看拖车，但随即想到她说要离开他的那些话。

走在暮色中，他能分辨出朽烂的倒煤台，他父亲在那儿被活活砸死，就在煤矿宣布关停的十天前，准备把工人扔给工贼和国防生产法。倒煤台吸饱了阳光留下的热量，在冷风中噼噼啪啪开裂，它旁边的电线杆上，无人使用的变压器还在嗡嗡运行。工程师说，煤已经采完了，但巴迪经常嘲笑工程师，甚至在陆军工兵连服役的时候也不例外。倾倒页岩废渣之处，堆积如山的骨化石在闷烧，埃斯特普的小儿子在那儿东翻西找。

"安迪，你在这儿干什么？"

"找石头，"男孩说，"上面有花纹。"他递给巴迪一块页岩。

"化石。以前的死东西。"

"我在收集它们。"

"你搜罗以前的死东西干什么？"他说，把页岩还给男孩。

男孩低头看石块，耸耸肩。

"你该回家了，听见没？"巴迪说，目送安迪沿着小路跑远，剩下他一个人听着变压器的嗡嗡声。他想不明白这男孩看上去为什么那么老。

他沿着柏油路上山回家，听见狗群开始聚集，嗥叫声在山坡上回荡，穿透被掏空的倒煤台。云层变厚了，巴迪感觉到如雾的细雨渗透了脸上的煤灰。树木渐渐稀疏，他看见他的拖车，虽说去年夏天才刷过白漆，但生锈的铆钉已经留下了一条条印记。狗群就在前面的路上，他心想，不知道它们能不能闻到车里的林迪，他的蓝斑小贱母狗。萨莉坐在窗口向外看，等待着，但巴迪知道她等的不是自己。

林迪朝萨莉微笑，听见巴迪从卧室出来，顺着过道走近，摇起了尾巴。萨莉从落地窗前转过身，把盘子放在炉子旁边。

"埃斯特普八点左右过来，"巴迪说，看见锅里的晚饭是甘蓝和豆子，皱起眉头，"没肉？"

萨莉没有说话，只是拿起盘子，舀出她那份食物，把肋排留给巴迪。她看着巴迪自己盛菜，不由自主地盯着嵌在他脸上的黑色尘粒。狗叫声打断了她的凝视，她走向餐桌。她听见它们在地板底下闻来闻去。

"它们要烦死我了。"巴迪坐下时她说。

"反正别放林迪出去。我可不想养一窝杂种狗。"巴迪用叉子碾碎肥肉，从里面挑出瘦肉，看着萨莉吃饭。"萨莉，会有钱的。"

"别说这些了。每次都说会有的，但从来什么都没有。"

"这次肯定有。埃斯特普和我，今天找到了矿脉。推土机加蒸汽挖土机很快就能让我们发财。柯特全都谈妥了。"

"还以为你们这些人不会碰这儿的山呢。"

他想到他盯着太阳站在葬礼上——不记得是谁的葬礼了，只记得他父亲手上维塔利斯酒的气味害得他反胃，还有新鞋挤得他脚疼。

"但他们穷得连个尿壶都买不起。萨莉，留下吧。"

萨莉用叉子懒洋洋地在豆子汤里画曲线，她摇摇头。"算了，我受够了靠空话过日子。"

"这不是讲空话。你为什么愿意和我在一起这么久？"

"讲空话呗。"

"是爱吧？爱不是讲空话。"

"是婊子讲的空话。"

他隔着桌子一挥手，耳光打得她的脑袋一歪，面颊通红。她慢慢起身，把盘子放进水槽，顺着过道走向卧室。巴迪听见她打开电视，但将音量调低，他只能听见狗群的呜呜叫声。他看着盘子里的菜变凉，油脂在边缘处凝结。

他在咖啡里加波本威士忌，把盘子放在地上给狗吃，自己走到窗口。狗群包围了拖车，灯光绿幽幽地映在它们的眼睛里，它们交谈，等待。他关掉灯，寻找萨莉先前在看的东西，但只找到了浅灰色的天空和公路近乎全黑的幽影汇入山谷。

他在黑暗中拿出 .30-30 来复枪和手电筒，打开板条百叶窗，把枪口伸出去。光束掠过两只骨骼强健的猎犬，落在一只毛发蓬乱的狐狸犬身上，他瞄准呆滞如弹珠的眼睛开火，枪声在河床和溪谷之间回荡。

狗群散开，跑进公路另一侧的灌木丛，扔下那条狐狸犬躺在地上蹬腿等死。林迪听见它们的呜咽，沿着拖车从头到尾踱步，但等呜咽声停下后，她回到沙发上躺下，尾巴跟着巴迪的每一个动作甩动。

枪声把萨莉从半睡眠状态中惊醒，但她重新躺下，看着电视机的蓝光照在天花板漏水处开出的锈花上，最后几毫克可卡因浸没她的头脑。她伸展身体，感觉自己漂浮在粼粼蓝光的海洋中，放松下来。她知道她比雷球俱乐部的姑娘们漂亮，也比电视里的那个姑娘漂亮，而且比她们好玩一万倍。

"一万万倍。"她悄声说了一遍又一遍。

巴迪的侧影站在门口。"它们不会回来了。"他说。

"谁？"萨莉坐起来，被单从她的胸前滑落。

"狗群。"

"哦，好。"

"萨莉，你挣不到钱的。到处都有太多免费的东西了。"

"是吗？你挣的钱够多，能把我留在这儿？"

他转身沿着过道走远。

"巴迪，"她说，听见他停下了，"上来。"

巴迪脱掉鞋子，她注意到他的后背比平时驼得更厉害了，但他转过来面对她，解开衬衫的纽扣时，他的胸膛高高鼓起。从他站立的位置，他看见走廊灯光与电视屏幕光混在一起，让她的眼睛闪出白色与粉色的光芒，她在被浪中移动，给他腾出空间。

他爬上床，冰冷的双手抚摸她的腰部，她感觉到他的肌肉在微微震颤。她用一根手指顺着他的脊梁向下摸，他为之战栗。

"你什么时候走？"

"很快。"她说，把他拉进怀里。

埃斯特普又按了一下喇叭，林迪在门口蹦跶叫喊。

"我来了，真该死。"巴迪嘟囔道，扣上衬衫纽扣。床头柜上的表显示，现在八点十分。

萨莉把枕头靠在床头板上，又点了支烟。她看着巴迪穿衣服，不禁咬紧牙关。她抖掉烟灰，直到火光只剩一丁点。"再见了。"她对走进过道的巴迪说。

"嗯，再见。"他答道，关门时把狗留在拖车里。

外面，雾气与雪花混在一起，冰凉的狐狸犬躺在地上，露水在它的毛皮上凝成珠子。巴迪留着尸体警告狗群，走向汽车引擎的突突运转声和雨刷的柔和转动声。他正要开门，一阵剧痛突然刺透他的肺部，他屏住呼吸抵抗，然后在收音机的喧闹声中尽量忘记它。

"老疯子，知道时间吗？"埃斯特普说。巴迪咳嗽着坐进车里。

"你回答我这个问题——你说柯特为什么要用支柱？"

"你傻吗，当然是为了支撑工作面。"

"也是为了手工掏空那个该死的矿层。他是个老派的挖矿人。他干什么都喜欢用老办法。"

"你想说什么？"

"要是我星期一罢工，你说有多少人会跟着干？"

"老兄，你可别召集罢工。我有家里人要养。"

"少来了——你就说有多少人吧？"

"大多数吧，"埃斯特普说，"也许除了富勒。"

巴迪点点头："我也这么觉得。"

"你扯什么淡呢。柯特是你亲戚，你不会召集罢工，和你亲戚对着干。"

"我挺喜欢柯特，"巴迪咳嗽道，"但我想说的是，采那个矿有更简单的办法。"

"行不通的，巴迪。那么搞会害得所有人丢工作。再说了，你那么挖过之后，这块土地就屁用都没有了。"

"这块土地，"他咳得喘不过气来，"这块土地本来就狗屁不是，再说咱们太需要挣钱了。咱们可以动员咱们洞里的所有人。还有风暴溪的。还有约翰逊那个小矿的。大家齐心协力。你觉得一共能挣多少出来？"

"有那么多人要分，多不到哪儿去。"

"五万应该能行。成不成？"他猛拍埃斯特普的胳膊。"你就说成不成吧？"

"咱们从哪儿弄机器呢？"

"从矿上借。本来就是包给柯特的，我们需要的只是往他脑袋里塞点新思路。和不和我干？"

"应该吧。"

他们开车，望着雪花画着弧线落向灯光，还没被雨刷扫掉就在挡风玻璃上融化。隔着树丛，巴迪看见了小个子酒吧的窗户和店门上的一串黄色灯泡。

"约翰逊发现了是谁在偷他的煤，"埃斯特普说，他放慢车速，"考克斯老爹。"

"他怎么能确定？"

"在一块煤上挖了个洞，放进去一颗 .4-10 霰弹。然后用煤灰和胶水封上。"

"乖乖我的天。"

"没伤到他，只想吓吓他。"埃斯特普说，开着车躲过停车场地上的坑洼。

巴迪打开车门。"真他妈的，已经够可怕了。"他嘟囔道。

走进小个子的店里，巴迪在烟雾和笑声中向朋友们点头挥手，但他没看见富勒。他问小个子，但这个只有一只耳朵的男人只是耸耸肩，放下两杯啤酒，巴迪付了钱。他走到台球桌前，把一枚 25 美分的硬币放在另外四枚硬币旁边，然后回去和埃斯特普一起靠在吧台上。

约翰逊打了一个球，巴迪叫道："好烂。"

"烂你妈的，"约翰逊微笑道，"你就等着看硬币长腿吧。"

富勒走进店里，来到吧台前，小个子过来招呼，他摇摇头。

"你也差不多该来了。"巴迪说。

"萨莉在外面。想和你谈一谈。"

"你找了谁？一车打手？"

"你自己去看吧。"富勒朝窗户挥挥手。富勒的车里，萨莉和林迪坐在前排。巴迪跟着富勒出去，示意萨莉摇下车窗，但萨莉打开车门，让林迪下车。

"照看她一阵儿。"她说。

富勒哈哈笑着发动轿车。

巴迪弯腰去抓林迪的狗链，但她乖乖地待在他身旁。巴迪直起腰来，望向轿车的背影，看到他的电视在后座上起伏。

"来吧，"埃斯特普在他背后说，"咱们去打台球，喝个烂醉。"

"来了。"巴迪说，领着狗走进酒吧。

巴迪躺在拖车的地毯上，一小团人造纤维随着呼吸拍打他的鼻翼，他努力回想自己为什么会躺在地上，但萨莉的微笑搅乱了他的思绪。他记得埃斯特普开车送他回家，他记得他倒在停车场里，他记得他痛揍弗雷德·约翰逊，但不知道原因。

他爬起来，甩甩脑袋，扶着墙走向卫生间。血液流出他的脑袋，灯光陡然亮起，有一瞬间，卫生间在他眼里变成了紫色。他打开淋浴，用水冲脑袋，洗掉蒙蔽头脑的纱网。他看着镜子，见到地毯的花纹印在脸上，眼睛底下挂着两团"毒药"。他想呕吐，但吐不出来。

"以前的死东西。"他喃喃道，干呕了一下。

洗脸台上放着半杯波本威士忌兑可乐，他一口喝光，等待胃里安顿下来或者反胃吐出来。他靠在墙上，想起他的狗，他喊她的名字，但她没过来。他看看手表：五点半。

他走进客厅，打开门——湿漉漉的雪积成一块一块的。他喊林迪，她从拖车背后跑出来，一条猎狗紧随其后。他在两条狗之间关上门，坐进沙发。林迪跳到他身旁坐下。"可怜的好姑娘，"他说，拍拍她湿乎乎的身体，"现在就剩你和我了。"他的指节劈裂了，凝血糊在手指上，但他没感觉到任何灼痛。

"萨莉走了，对，她走了。对，真的走了。几个月了，咱们会活出个样子给她看的，对，一定会的。"他看见自己在查尔斯顿，走进俱乐部，开着新车带萨莉回家……

"饿了吗，老姑娘？来，我给你弄吃的。"

他来到厨房里，想找鲜肉喂林迪，但没找到，于是开了一罐沙丁鱼。他看着林迪吃沙丁鱼，给自己倒了杯波本威士忌，他感觉好些了，靠在厨台上。萨莉的盘子还搁在水槽里，豆子汤已经干结，他有一瞬间特别想念她。他在心里嘲笑自己：你会活出个样子给她看的。

林迪走到桌子底下，咳嗽着把沙丁鱼吐了出来。

"一点都他妈不是你的错。"他说，但看着沙丁鱼和唾液的混合物，他看见自己在清理秽物，知道那股怪味会永远留在那儿。凭什么非要他去清理，凭什么他没肉吃或没有任何他想要的东西。他拿起来复枪，枪就随随便便地靠在墙上，林迪绕着他的脚跟边跑边叫。"没门儿。"他吼道，用食指钩住她的项圈往里拉，好让他关上车门。

外面雪势正猛，湿漉漉地一团团往下掉，在黑暗中勾画出图案。他爬上拖车背后的山梁，喘得肺部向外渗血，他停下来，吐了口唾沫，调整呼吸。休息好了，他重新出发，以平缓的节奏迈步，听着雪落在枯叶上的窸窣声响。

一只山猫蹲在小径旁的树丛里，等待男人拖着沉重的步伐走过，大雪和雾气之中，它绷紧了肌肉。利爪出鞘，它微微地动了动，听着男人的脚步声，直到他在小径上走远，离开了视力和听力的范围。山猫沿着小径下山，只停下一次，闻了闻男人吐出的血沫。

等巴迪爬到山顶上，他感觉到拖车暖气带来的头痛消失了，他在他去年秋天放置的盐块前停下。他屏住一口气，止住喘息，等他终于不喘了，他坐在老树桩上，看着天空中第一缕稀薄的棕色亮光。他给枪装子弹，望着低处灌木丛中的一条小径，他借着幽魂般的天光，在积雪的轮廓中分辨出这条小径。犬吠从山谷中飘向山梁。这条小径空荡荡的。

他背后，有什么东西踩响了枯叶，他慢慢扭头，听见颈骨咔咔作响。在棕色的光线中，他分辨出旧木棚朽烂的骨架，他们家卖掉这块地搬进山谷之前，他曾在这里玩耍。有什么东西飞快地蹿过那儿，从他身旁跑向山顶。听着底下激烈的狗叫声，他确定那是一只狐狸。

太阳悬在阴云和山峰之间，它移动的速度快得肉眼可见，阳光照得树枝上的积雪闪闪发亮。他从太阳上转开眼睛，缎带般的黄色阳光落在一头鹿身上，投下的冰冷黑影吸引了他的视线。

他慢慢地把枪举到面部的高度，瞄准那团黑影，枪声还没传到山谷里，他先看见了一个闪电般的动作。他跑向那头鹿刚才所在之处，但地上没有血。他跟着脚印只走了十码，就来到了它倒下的地方。这是一头母鹿，粉红色的伤口在肩部绽放，但没有流血。

他动作飞快，割开母鹿的后腿肌腱，用一根绳串起来，抓住它的一条下肢把尸体吊起来。他割开母鹿的喉咙，鲜血滴在雪地里。匕首割开腹部的时候，尸体里有什么东西蠕动起来，在刀锋下挣扎。他一直往下割，内脏掉出来的时候，一团扭动的血肉落在他的脚边。

他踢开尚未出生的小鹿，切断母鹿的内脏，割下后半截尸体，把剩下的鹿肉留给食腐动物。他切了三小条肝脏晾在雪地里。

温暖的鹿血烧灼着他劈裂的指节，他用雪搓掉手上的血，想起来了他为什么要揍弗雷德·约翰逊——因为他在考克斯老爹的煤块里做手脚。他开始大笑。他能看见考克斯老爹撕心裂肺地惨叫。"妈的。"他大笑，摇摇头。

他咬了一口放凉的生鹿肝，汁液渗入他的齿缝，他望着小鹿在热气蒸腾的雪地里最后挣扎了几下。他等不及明天去矿上宣布消息了，想象柯蒂斯脸上的表情，他忍不住放声大笑。"罢工。"他嘟囔了一遍又一遍。

狗群跑过山脊上的一个土丘，山猫蹲在土丘上，等待男人离开。

一个永远的房间

这是新年，因此我要了个大房间，8美元一天的房间。但它似乎不如以前大了；我坐在窗口，看着外面的雨和小镇。我知道等待又害得我坐立不安了。我根本不该在拖船入港前来到这些河畔小镇，但我总是来得太早，然后只能干等，呆看街上的人们。汞蒸气灯释放堇色光，光线倒映在街道上，扭曲所有事物的颜色。有几个人在细雨中走过，没有在廉价商店的橱窗前停下脚步。

视线越过街道，我在远处的建筑物之间看见了一截截的河流，雾蒙蒙的细雨似乎让黑沉沉的河流结了一层霜。然而河上的情形永恒不变。明天我又要开始到水上待一个月，然后回陆地待一个月——会改变的只有我们说的故事，换上其他的时间和其他的名字。但"德尔玛号"上的船员还是那些人，一天十八个小时里做的还是那些事，而且很快就没故事可说了。此刻我默默等待，看着风卷着雨点打在窗户上，玻璃变得模糊。

我插上水壶的电源煮咖啡，翻开报纸想找点消遣，但今晚没有摔跤或拳击比赛，连保龄球馆都因为新年放假而关门。我可以去第一大道泡酒吧，喝个烂醉，但明天我要上拖船，盯着老鼠，走在湿滑的钢铁船舷上，所以不行。还是买一瓶酒算了，喝几口早早上床，别去琢磨出门作乐。

我的咖啡喝得太快，烫伤了嘴巴。就没一件事顺心如意。我猜大概是我对新年有意见——因为新年就是个新开始——然后我回想起在海军时的狂欢夜，以及退役那年我们如何闹得沸反盈天。此刻我在这儿想着狂欢和工作，想着初生的新一年和刚死的上一年，不禁有些凄凉。我想拖着屁股出去走走，我在屋里待得太久了。

我穿上外衣，戴上海员帽，站在门外点了支烟。走廊和楼梯间灯火通明，免得妓女和流浪汉逗留。对面的门开了，变装皇后探出头来，朝我使个眼色："新年快乐。"他悄无声息地关上门，我冲过去踹门，橡胶鞋底蹭脏了门板。我听见他在房间里嘲笑我，因为我孤身一人。下楼梯的一路上，我都能听见他的笑声。他是对的：我需要女人——不是一个廉价妓女——我需要事后能安安静静地躺着，妓女根本不懂这个。我来到大堂，大堂里挤满了胖女人和老男人。我想到这儿居然是我唯一的家。也许我该买断这个房间，今夜过后，我也许就不需要另一家便宜旅馆了。

我站在店头招牌底下抽烟，扭头看大堂里的老粪蛋们。我想到所有收养过我的人现在都老了，其中大多数已经死了。也许他们还是死了好，否则我说不定会回去找他们，打破他们的体面生活。现在没有救济金支票会汇给我了。而且我长大了，过了被鞭子抽打的年纪。

我扔掉烟头，看着它在阴沟里浮浮沉沉，然后钻进下水道的格栅。它多半会比"德尔玛号"更早开上密西西比河。在这些小镇之间辗转九个月害得我疯疯癫癫的；押运驳船和在高潮位中稳固锚架最后让我来到这儿和那些粪蛋做伴。我嘴里被咖啡烫伤的地方越来越疼，我甚至没有想喝个烂醉的念头。我沿着街道向前走，看着从身边经过的人们，想着连穿橡胶雨衣的妓女看上去似乎都有地方可去。要是连这些老母猪都能入我的眼了，那我觉得我的情绪大概已经掉进了深渊。

我一直走，直到看见一个流浪汉拐进两座建筑物之间的小巷。他已经酒足饭饱，正准备睡他个天昏地暗。我停下脚步，望着醉佬企图用报纸铺床，但穿过巷子的风吹得报纸乱飞。看着这个流浪汉追报纸很好玩，细针一般的老腿随时都会被身体压弯。慈善堂不会放他进去，因为他喝多了，因此醉佬今晚只能追报纸了。用不了多久，这么折腾就会害得他呕吐出身子里的那点暖意。我站在那儿，笑嘻嘻地等待这一幕上演，然而当我看见她站在那个门洞口，我的笑容消失了。

她只是个小女孩，十四五岁，但她盯着我，像是知道我在想什么，我在等着看这个老流浪汉出丑。她一直盯着我，就好像她代表神之愤怒。我面对流浪汉斜着眼看她，看得眼珠生疼，但我继续这么盯着她。我一眼就能看出她不是妓女。她的样子更像个曾经有家可回的孩子：穿着牛仔裤、真正的雨衣，头上缠着一条化纤围巾。另外她对这个镇子来说太年轻了，法律不会允许雏妓来这种地方。我猜她多半是离家出走的，而这种人很难看透。我从她身旁走过，假装没看见她，然后钻进一家甜甜圈店。

"阿尔伯特亲王"坐在柜台前自言自语，用锈黄色的手指捋头发和胡须。他皮肤发黄，因为他在"克拉姆号"上被四十伏的电流打坏了脑子。我听说他以前是个优秀的电工，但现在他只能吃政府的救济金。他脏兮兮的，闻起来就像街上的一个普通酒鬼。

我吃甜甜圈，喝咖啡，看窗外。车流越来越密集，派对上的人越来越多。那个姑娘从窗外走过，隔着橱窗看我，像是知道我会在什么时候失足掉进两艘驳船之间。我不禁寒毛直竖，于是扔下咖啡，打算投向威士忌和睡神的怀抱，但等我跑出店门，她已经在街上走远，朝着第一大道的下等酒吧而去。大雨如注，一桶桶水浇在人行道上。我跟着她，直到她钻进又一个门洞。我的水手帽泡湿了，雨水顺着我的面颊和脖子流淌，但我走到她那个门洞前，站在雨里看着她。

她说："想买我？"

我在那儿站了很久，想判断这是不是什么骗局。"你有房间吗？"我说。

她摇摇头，望向街对面，然后左右看看。

"咱们可以去我那儿，但我想买点酒。"

"没问题，我知道有个地方卖酒。"她说。

"我知道一个更好的地方。"我熟悉这个套路。我不会让她的皮条客占我便宜。但我觉得不对劲——什么样的皮条客会不准备房间呢？假如她是单干的，她在警察和皮条客手底下熬不过两天。

我们顺着马路走向一家正规酒铺。有人陪着你当然是好事，但她看上去太严肃了，像是她脑子里只有皮肉交易里的交易。我买了一瓶一品脱的杰克·丹尼威士忌，试着开玩笑。"杰克和我是老交情了。"我说，但她就好像没听见。

我们走进旅馆大堂，两个聊天的老男人停下来看我们。我猜他们肯定看上了她，他们嫉妒我，我很高兴这些老粪蛋对我们行注目礼。来到房间门口，我慢吞吞地掏钥匙开门，希望变装皇后往外看，但他已经出去挨肏了。我们走进房间，我拿来毛巾给我们擦干身子，煮咖啡兑威士忌。

"这儿挺好的。"她说。

"是啊。他们定期喷杀虫剂。"

她终于笑了，我觉得她应该在其他地方玩跳房子才对。

"我不擅长这个，"她说，"第一个男人弄得我特别疼，所以我一直有点害怕。"

"那是因为你不是这块料。"

"是啊，但我需要找个地方待。我不能再跑来跑去了，明白吗？"

"嗯。"我在窗户上看见我们的鬼魂贴在反光的黑色玻璃上。她搂住我，我想到我们之间永远只会是交易关系。

"你为什么找我？"她说。

"你看我的眼神很怪，像是知道我会遇到什么可怕的事情。"

她哈哈一笑："不，我没有。我是在打量你。"

"好吧。今晚我有点一惊一乍的。我是一艘拖船上的二副。这个活儿挺危险。"

"二副是干什么的？"

"做船长和大副不肯做的所有事情。算不上什么好生计。"

"那你为什么不辞职？"

"还有更糟糕的事情呢。辞职解决不了问题。"

"大概吧。"

她的手爱抚我的脖子，逗着我为她微笑，让我喜欢她。"你为什么不试着干点别的？你没这个天赋。你应该过得更好。"

"你能这么想可真好。"她说。

我看着她，心想要是她能得到机会，生活会变成什么样。但她在这儿得不到机会。这儿没人能得到机会。我可以和她说说我的寄养家庭和福利署的女士们，说说她们送我上长途汽车去另一个镇子时的眼神，但那些对她没有任何意义。我关灯，我们脱衣服上床。

黑暗是最好的。没有面目，没有交谈，只剩下温暖的皮肤，只剩下亲昵和温情，能让我迷失其中。然而当我占有她的时候，我知道我得到的是什么——一个小女孩的身体，不会因为习惯或欢愉而做出动作；这是个孩子在扮演妓女，和她在一起，因为她，我觉得我很丑陋。我强迫自己搞她，就像其他人一样。我知道我在伤害她，但她永远也得不到任何机会。她呜咽，我在高潮中拱起身体，事后她蜷成一团远离我，我爱抚她。她木呆呆的。

我说："这个月你可以住在这儿。我是说只要你愿意，我出房租，你可以找个真正的工作，然后把钱还给我。"

她躺在那儿一动不动。

"也许你可以去商业区找工作，西尔斯或彭尼百货。"

"你他妈能不能闭嘴？"她爬下床，"给我钱就行，可以吗？"

我起来，找到裤子，掏出一张 20 美元的塞给她。她没有看钱，只是抓起外衣跑出门去。

我坐在床上，点了支烟，想到这个姑娘有可能遇到什么，我就觉得头皮发麻；然后我对自己说，你只是在浪费时间和金钱。我回想高中时我追简。她父母让我们单独待在客厅里，但她的贵宾犬一直在拱我的腿。我们想聊天，但她的狗抱着我的腿搞个不停。我觉得我很想弄辆车，开回去找那条狗算账，但事情永远是这样——浪费时间和金钱。

我掐灭烟头，开着灯在床上躺下，想着"阿尔伯特亲王"和他胡子里的甜甜圈屑、衬衫上的咖啡渍。我想着从这儿到三角洲的每一个小镇上都至少有十个他这种人，最后落得这么一个结局的概率如何低之又低。东西出了故障，他们抓错了电线，在水道上做了蠢事。然而就算没出岔子，他们也无非是工作一个月，游荡一个月，要是运气好，他们的余生可以一直这么过下去。

我穿上衣服，再次出门。外面还在下雨，寒风中的路面又结了一层冰，闪闪发亮。建筑物之间，流浪汉在他们堆起来的垃圾里睡觉，我想到加州有个疯子，专割酒鬼的喉咙，但我不明白那有什么好处。流浪汉和"阿尔伯特亲王"一样，他们用光了运气，掉进谷底。

我拐上第一大道，慢慢地走过人头攒动的拥挤酒馆，我往橱窗里看，见到那些幸运儿在狂欢作乐庆祝新年。然后我看见她坐在后门附近的一张酒桌前。我进去，坐上吧台前的高脚凳，点了一杯威士忌，纯饮。烟雾腾腾，但我能在吧台后的镜子里看见她。她的嘴角无力地耷拉着，我看得出她醉得很厉害了。我猜她不明白，靠喝酒没法逃出困境。

我环顾四周。这些人从各自的廉价住处来到这儿，因为没有派对可以让他们参加。他们彼此陌生，来这儿打打台球或玩玩弹珠，喝点小酒。一整年他们咬牙坚持——他们给人加油、端盘子、肏妓女、钓基佬，他们一点也不喜欢这种生活，但他们知道他们能这么过日子已经算是走运了。

我在镜子里找她，但她不见了。要是她从前门出去，我肯定会看见，因此我去后门找她。她坐在雨中，靠着建筑物的外墙，完全失去了知觉。我摇了摇她，却看见她割开了两只手腕的血管，但寒冷和下雨使得血液凝结，因此我摇动她的时候，伤口只渗出了一点血。我回到室内。

"屋后面有个姑娘想自杀。"

吧台前的四个男人跑出去，把她抬回酒吧里。酒保抓起电话，他问我："你认识她吗？"

我说："不认识。我只是出去透口气的。"我走向店门。

酒保喊道："哎，老兄，警察会想问你话的。哎，老兄……"

我沿着大道慢慢走，心想屎总会沉底，而这些城镇都把屎排进河里，让河水送它们去三角洲。然后我想到那个姑娘，她坐在小巷里，坐在自己的泥潭之中，我摇了摇头。我还没倒霉到那个份上。

我在公共汽车站前停下，往里看候车的人们，想着他们要去的每一个地方。但我知道他们不可能躲得开，困境无法靠喝酒逃避，用死亡解决。它永远在那儿，你只需要看一眼别人，他们会用神之愤怒般的眼神瞪你。我拐向码头，去看"德尔玛号"有没有提前进港。

猎狐人

通往帕金斯的二级公路上遍布柏油补丁，一个秋夜的逝去没在它上面留下任何痕迹。一泓灰蒙蒙的天光爬上东面俯瞰河谷的群山，透过橡树林枝叶缠结的黑色脏腑，筛下一抹蓝色薄雾。轻风微颤，吹得悬铃木的树叶飘过路面，落入路旁的迷彩色鸭茅丛。

负鼠悄无声息地趴在路边。她[1]没找到死去的农场动物，以便钻进去筑她的过冬巢穴；连个舒服的空地洞都没找到。她带着幼崽过公路，藏在落叶里，那儿有另一只负鼠枯干的尸体。她没有停下来嗅闻或哀悼。

金属碰撞的咔嗒声。她停下了。枪声。她吓得死死地蜷伏在地上，幼崽紧紧攀住她的毛皮。轻柔、没有节奏的啪嗒声激得她血液沸腾，她趴得更低了。白昼和危险步步逼近，恐惧在她胸中升腾，她小心翼翼地退回比较高的灌木丛里。她从藏身之处看着巨大的敌人走在柏油路上，一团红色的火光在她未尽的黑夜中起起落落。

小波觉得这是他一天中至高无上的时光——在这

---

[1] 此处指代负鼠用的是"she"，后面又用了"it"，原文如此。

个荒凉、孤寂的时刻里，他之外的整个世界要么正在沉睡，要么还没起床。他单独一个人，既了解这独一无二的力量，又对它有所畏惧。不安全的感觉在他的血液中爬行，让他重新感到欠缺力量。很快，他开始说话，为了让自己觉得光明更靠近公路。

"咖啡，小波。"他对自己说。

"好，露西宝贝儿。"他答道。

"还有某某人[1]。"

"对。"他加快步伐，模仿着火车的节奏。

"某某人，某某人，某人，人，呜——"

负鼠趴得更低了。还没准备好，却已经诞生在这个世界的幼崽攀住她的腹部，蹭来蹭去找奶喝。

他加快步伐。露西也许是个妓女，但他怎么可能知道呢？他喜欢她俯身探过烤架的样子，露出衬裙和吊袜带，她明明知道，但依然表现得有点不好意思。他喜欢她把脑袋歪向右边，认真点头，皱起眉头思索，听他描述他在电视上看到的大城市。或者听他讲他父亲，他吸入了过多的矿井毒气，只能闭着棺盖下葬，因为他蓝得像条牛仔裤。小波一说起和露西未来的生活就滔滔不

---

[1] 原文为 "putintane"，应来自美国儿童顺口溜 "Puddin Tane"，一般在别人反复询问名字时以此作答，有讥讽意。

绝。她认真听他说。她偶尔会提些建议。有一次他想离家出走去纽约接受教育。放弃一切，扔下他母亲，去纽约接受教育。露西说你应该先念完高中，他顿时感到既愚蠢又羞愧。碰到这种时候，他便抱定露西是个妓女的信念离开餐厅。

他听见伊诺克的卡车从公路上隆隆驶来。出于本能，他跳上路肩，钻进灌木丛，蹲了下来。灌木丛里传来嘶嘶声。小波扭过头，看见身边的雾气中有一团灰白色的影子。它看着像只长眉毛的大老鼠。他们大眼瞪小眼，彼此之间其实没有恶意——负鼠愣住了，不知道该装死还是该逃跑；小波趴得更低了，因为车头灯越来越近。这儿离帕金斯只剩下两英里路，但伊诺克看见他的话，肯定会停车；然后小波会在修车店再当一个星期的"小疯子"：因为他宁可走路也不愿意上老板的车。

卡车驶过，粉红色的吊臂甩来甩去，滑轮、钩子和钢缆组成不规则的钟摆。

小波拉开裤子拉链撒尿，愣住的负鼠瞪着他。蒸汽袅袅升起，和蓝色雾霭混在一起，他打了个哆嗦。他踏着枯叶爬上路肩。

他刚踩上路肩的鸭茅丛，就听见又一辆卡车向他驶来，他按捺住重新滑下斜坡的冲动。他也不知道为什么想走路，甚至不确定他是不是真的想。他走到公路上，只觉得很累；他走了几步，车头灯照亮了他的前方，路面上的蒸汽顿时显形，使得他脚下的公路生出了许多细小的游魂。

卡车从他背后隆隆驶近，发出三声高亢的尖啸，刺穿了清晨的公路鬼魂。小波等待卡车停下。等它终于停下，一个男人高喊："上车，要么让开。"

小波转过身，看着司机，但视线不由自主地被车头灯的白色光芒所吸引。"比尔？"他只能挤出这两个字，强光照得他眼前出现了红色和紫色的光点。

"妈的当然。你瞎了吗？"

小波望向灰色的群山，让注意力从灯光上转开，他渐渐回忆起了露西躯体的每一个细节，它在他的脑海里解体。乳房上的毛发。天哪，他在灯光中像傻瓜似的站了多久？比尔会告诉每一个人，波·霍利的脑子出了他妈的问题。小波摸索着走向卡车，用双手揉着金星乱冒的眼睛。

"上车。"比尔说，他上下打量小波。他曾经用同样的怀疑眼神打量过一只双头小牛，在两个脑袋四周寻找缝针的痕迹。小波叹了口气，爬进驾驶室，比尔毫不客气地问他："你生病了？"

"只是还没睡醒。"小波撒谎道。他觉得自己是个职业撒谎家，一旦开始就停不下来。"老妈睡过头了。把我叫起来，没煮咖啡，只穿了一半衣服。说我上班要迟到了。比尔，现在几点?"小波早就学到了，问题和复杂长句是谎言最好的盾牌。比尔看看手表，然后对着天空嗤笑，就好像黑药膏[1]日历上的日出时间差了两天。

"七点十分。"他没好气地说，用巴掌猛拍方向盘。

"该死。"小波叫道，看着比尔被吓了一跳。"但伊诺克多半还没到。他总是来得比较晚。上周六直到十一点才来。"

"关我屁事，"比尔气呼呼地说，"老天在上，我只管好我的事。"但小波知道比尔会记住这个小插曲的，会把这个八卦告诉他百无聊赖的老婆。

"我在工会和拉里聊天，"比尔说，不知羞耻地试探小波，"他说你最喜欢的歌是该死的《摇荡大河》。"

"《河上摇啊摇》?"提问不会冒犯别人，小波心想，还有，那首歌其实叫《骄傲的玛丽》。

"傻乎乎的歌，小波。你该有点脑子的。"

小波没有吭声。

"那种歌是唱给河畔镇子听的。咱们帕金斯可没有河。"

---

[1]　黑药膏（The Black Draught）是美国的一种强效泻药，商家会附送各种小礼品。

"厄普舍有艾克河。当心那个坑。"卡车晃了两次。"我看它迟早要吃掉整条路。"比尔不得不回忆刚才说到哪儿了。艾克河？

"艾克河有什么好唱的？"他哧哧笑道，"那什么，梅尔·哈格德，他能告诉你……"

"怎么，比尔，你不为自己是西弗吉尼亚人而自豪吗？"

"当然自豪了，妈的，但那首歌是唱给其他地方的其他人听的。你听不了好东西，对吧？"

小波躺进座位里，把脚塞到暖气底下，它们渐渐暖和过来，能感觉到寒冷了。他确定了自己为什么喜欢露西：她为人真诚。

寂静中，负鼠渐渐解冻，小心翼翼地爬上路肩，嗅闻曾经如此接近的威胁。它在悬铃木的落叶和湿润的鸭茅丛里停了停，然后飞快地跑过柏油路，按原路返回树林。天已经几乎大亮。

比尔的卡车爬上到达帕金斯前的最后一个坡，西面的山丘已经开始反射阳光，东面的山丘向镇子投下灰色的阴影。从这个坡上，根据一幢幢房屋里黄色灯光的位置，小波能够判断出谁已经起床了，谁还没有。露西在寄宿公寓的厨房里，她的房客在卫生间里。邓肯家什么都不做的两姐妹早早起床，继续什么都不做。她们传邻居的闲话——以露西为主。她不理睬她们。小波觉得她喜欢被谈论。

布朗尼·罗斯正在铁路旁的杂货店里开门；他打开灯，抬起遮光帘，铲煤烧炉子。小波琢磨布朗尼为什么一大早就开门——还有伊诺克，到底为什么？布朗尼在中午前顶多只能卖掉四分之一袋钉子，要是你的车抛锚了，你必须走到帕金斯才能打电话。

比尔为铁路局工作，他是站长，露西为重新开采煤矿所必需的几个人提供食宿，因此他们必须六点就起来做事。伊诺克开门早是因为布朗尼早，而布朗尼这么做只是因为年纪大了。帕金斯的上午很少会有变化。

"比尔，放我在寄宿公寓下车就行。我想喝杯咖啡。"

"不关我事。"比尔吼道，在写着"刹车与校准店"的大笑的黄色小熊牌子旁停车。小波跳下车，转身向司机道谢，司机却还了他一句"这也不关你事"。卡车蹿了出去，小波看着车门随之关上。他走到修车店的玻璃门前往里看：黄色的小夜灯还亮着，工作台上还乱扔着昨晚没收拾的工具和配件。绿色道奇车不在。

肯定是修好了，他心想，车已经开走了。

伊诺克和拖车都不在。他终于明白了比尔的攻击是什么意思：伊诺克又犯老毛病了，但只有男人才知道是怎么回事。"连天堂里的天使都不知道他几时能来。"小波哈哈一笑，走进修车店，红土、机油和汽油的气味铺天盖地而来。他收拾好工具台，打扫卫生，锁上门，然后走向露西那儿。

寄宿公寓没什么可看的。它建在河谷的平地上，从下往上一共三层，是个平淡无奇的庞然大物，就像小波在电视上的西部片里看见的大石头。各种怪声从墙壁里传出来；上下水管道失灵的声音，房客吵架的声音。后院有个斜屋顶的小房子，现在改建成了食堂。

走进食堂，小波重新闻到了早餐的香味。十个矿工在吃饭；露西把他们的午餐装进拱顶铁皮饭盒。小波昂首阔步走向点唱机，他按下 F6，存心为了气气比尔，然后晃晃悠悠走到柜台前。他以为他们会看自己，可惜没人在看。艾克·特纳[1]的男低音吟唱着旋律，蒂娜轻声加入。

露西冷冰冰地问他要不要咖啡。他没回答，但还是拿了一杯。矿工离开，戴草帽的工头们进来。这些人和他们手下的工人不一样，工人会悄声谈论劳动和安全秘诀，戴草帽的工头们则默默地各吃各的。

小波冷眼看着他们。他心想，他能接受人们的音

---

[1] 艾克·特纳（Ike Turner，1931—2007），美国音乐人、词曲作家，早期摇滚乐的领军人物之一。

乐、人们的牌局、人们的猎狐，但为什么就是没法和他们走到一起去；然而他也知道，一丁点的差异就足以使人格格不入。

工头们离开后，露西给小波续杯。她的头发染过太多次颜色，现在红得就像生锈的钢丝球。她只涂了一抹绿色眼影，皮肤的质地和颜色都和羊肚菌差不多。她两只手各戴一枚钻石订婚戒指。敢打赌你还能撬动它们，小波心想。

"还好吗，小波？"她是真的在关心他，这让小波心动。

"我也不太清楚，露西。挺无聊的，大概吧。"

"明天换首歌试试。"

"明天是星期天。再说我还没听烦我的歌呢。"

"你几岁了来着？"

"十六，要是我没记错。"

"活了十六年才开始不耐烦？"

"活了这么久才想通。"

露西哈哈一笑。小波看着她的面容扭曲，思考她是觉得笑话好笑还是在嘲笑他，他的结论是，怪不得其他人叫她妓女，于是跟着微笑。

"你消沉得像是掉进了阴沟。有什么不开心的吗？你老妈生病了还是怎么的？"

"露西，没人愿意和我说话。"

"别对着咖啡掉眼泪了。你还没老到能喝个烂醉的年纪呢。"

"唉，这倒是真的。"

"有女朋友了吗？"

"今年夏天有过一个。她老爸搬家去洛根了。我们互相写信，但自从新学期开始就没什么消息了。"

露西回想起她的青春："你会没事的。只是成长的烦恼。"

"我看只是我说不出什么值得一听的话。"

"小波，倾听比听的人更重要。"

他记住回头要查一查这话什么意思。他想换个话题，但露西动作更快。

"你是觉得孤独了，对吧？"

"对。"

"你最好的聊天伙伴是个妓女，肯定感觉很难过。"

小波垂下头，等待天花板砸下来。但天花板没砸下来，他慢慢地抬起头，用脖子撑住。

"你才不是呢。"他说，尽可能严肃，同时不想显得愚蠢。

露西找事去做，靠关烤架和擦一滴咖啡拖延了十秒钟。"我喜欢……你这么说。只有你一个人相信这话。

对你来说有可能很好。也有可能很危险。别到处去这么说，明白了？"

小波耸耸肩。"好的，露西。"他说，缩回他的冷漠外壳和咖啡里。他看着她清理工头们吃饭的餐桌，每次弯腰都会露出吊袜带。他用手指抚摸空咖啡杯的边缘。

"露西，再倒一杯行吗？"他说，她俯身探过一张餐桌去擦桌角。她微微一笑，笑容朦胧而懒散，顺手把臀部的裙子向下拉了拉。

"当然，小波。"她走到柜台后去拿咖啡壶。"过上班时间了，"她边倒咖啡边说，"老大不在……"

"老大去玩他自己的了。"

"嗯？"

小波给了露西 10 美分，然后在盘子底下留了 25 美分。没人给露西小费，反而迫使小波给她小费。小费是他俩之间的游戏，一个秘密。35 美分，小波愿意喝多少咖啡就能喝多少。

他从高脚凳上下来，露西问："急什么？不想聊天了？"

"我得去翻垃圾堆。给我的车找零件。我要像犯罪克星似的冲出去。"

"带上我。"

"当然。"他说，演戏演全套，他走出食堂，走进上午慢慢爬行的山影。不知为何，他觉得他感觉好多了，不过是另一种好，就像是睁开了眼睛。

　　伊诺克回来的时候都快九点了。小波躺在修车台上，钻到贝克·富勒的庞蒂亚克底下，排掉曲柄轴箱里的旧机油，用一块脏抹布擦拭油腻腻的进出口，以去掉一团团的泥土。

　　"抬起来视野他妈好得多。"伊诺克嘟囔道。小波没上钩。伊诺克禁止他使用升降台。

　　他把修车台推到灯光底下，抬起电工面罩，上下打量伊诺克。他整个身体从上到下都在滑向最低的支撑物。他的下巴耷拉着，拽着头皮紧紧地包着剃平头的脑袋。他的肚子以同样的方式向下坠，对抗他双肩剩下的全部力量。所有压力都汇聚在他的卡其裤上，裤管口在脚上堆成了两个小包裹。

　　"别管这个活儿了。我一个早上就修了这么一辆。你去哪儿了？"

　　伊诺克点了支烟。"去看一个事故现场了。唐·里德和安妮·戴维斯在法国溪教堂附近冲出了公路。车滚进河里去了。今天一早发现她们死在那儿。"他朝小波微笑，但小波没有报以微笑。"她们不是和你一个年纪吗？"他说得口沫横飞。

小波爬起来，拍掉牛仔裤上的灰："我的天，是的。我们是同学。醉驾？"

"还不清楚。她们泡涨了水。皱巴得就像葡萄干。

"哎，她的车是一辆英帕拉。我把车拖到我家了，等州警做完检验。我可以把配件卖给你，非常便宜。和你的车不是同一个年份，但你可以——"

"算了，谢谢。"小波的胃在翻腾，他的鼻子、耳朵和双手觉得冷冰冰的。伊诺克吃惊地歪了歪头，又吸一口香烟，转了过去。

"你疯了，"他说着转回来，"纯粹犯浑。她们——死了。听懂了吗？已经不需要车了。"他又转过去，隐藏怒火。庞蒂亚克的车身上积满灰尘，小波用手指在上面画个小人，然后擦掉。又要训我了，他心想。

"今早我来取矿工的道奇车，"伊诺克说，"工具扔得到处都是。你却不见人影。在睡觉？你睡觉的时间比工作的多。我去矿上的时候你溜进来收拾干净了。你觉得比尔不会告诉我你去婊子家了？"

"她不是那种人。"小波轻声说，一边想随便捡起什么扔过去砸伊诺克。

"她不是？好嘛，你以为她是怎么搞到那个寄宿公寓的？可不是巴特拉姆送给她的——她勒索了他，就像她勒索查尔斯顿另一个男人那样。你离她远点儿，小波，她会毁了你的。"

"你没资格使唤我。"小波吼道。

"我要维护我的利益。你为我做事，你给我离她那儿远点。"

"我不干了！"他喊道，声音响得喉咙刺痛。为了表示强调，他把抹布扔进桶里，又说："我知道你的丑事，不用工作都能挣口饭吃了。"出门走到一半，这句谎话就吓坏了他；他想回去，谴责露西，把永远离开这张牌留到下次再打。你搞砸了，一个声音轻轻地说，但自尊领着他向外走。

修车店里，伊诺克开始担心。小波多半在骗人。但万一小波知道自己和其他男人跟唐的事情呢？他往路上看，小波走得很快，单凭脚力已经追不上了。伊诺克发动拖车，开上公路。

拖车开到小波身旁，小波默不作声地咬紧牙关。他望着伊诺克，双下巴男人说："上车，小波。咱们得谈谈。"小波上车，伊诺克没再提起勒索的事，而是继续教训他：

"我认识你老爸。所以我才把这个活儿给你。你是个好机修工，但从我这儿一走了之，你证明不了你是条汉子。

"我想好好对你。我让你用我的工具修你的车，甚至教你怎么当机修工……但我没法教你怎么当个男人。"

"你得先把我当个男人对待。"小波从牙缝里说。

"行。你想工作对吧？你老爸不会希望我放任你这么走上邪路。那样我会对不起他的，行了，回去干活儿。"

小波望着长满扫帚草的山坡。他敢发誓是他父亲的鬼魂在回答："好。"

"好了，"伊诺克说，"今晚我们要去打狐狸。我猜要是你老爸还活着，现在肯定会带上你了。"

小波痛恨猎狐，但他还是点点头，笑了笑。他需要这份工作。他需要一份收入。

小波修完贝克的车，洗干净手，点了支烟，等待饥饿上门。伊诺克说过他会回来，但小波乐得一个人待着。

唐和安妮死了。他在脑海里调出有关她们的记忆。唐胸部丰满，很受欢迎。安妮脑子不好，但聪明得足以假装聪明。小波尊重她，喜欢和她说话。安妮身材娇小，总是穿白色衬衣，这样见到她的人都会知道她戴了胸罩，有东西需要罩起来了。她只有唐这么一个朋友，她只有眼睛称得上漂亮。光凭眼睛她恐怕永远也找不到丈夫，小波心想，所以这样也好。唐以前经常蹭他的身体，虽说还没到他会在意的程度，但足以让他思考她有什么用意了。

小波将脑袋靠着红色充电器，闭上眼睛，缅怀记忆里的唐，而露西的某个化身在脑海里对他微笑。

他看见一座带护墙板的木屋，风吹日晒成银白色，此刻在阳光下闪闪发光。他感觉到阳光火辣辣地照在头上，他喜爱的某种力量牵着他走向屋子凉爽的背阴处。顺着长着绿苔的砂岩台阶向上看，视线越过高低不平的门廊地板，穿过纱门，他看见了某些动静。铺着油毡地毯、凉爽而潮湿的起居室里，他的表姐萨莉站在那儿；盖住她额头的刘海剪得参差不齐，其他的头发用发卡松垮垮地别在脑后。煤灰浸透汗水，变成颈圈箍住她的喉咙，但她看上去既冷静又淡漠，缓缓走向他，抓住他的手。"我不爱你。"小波恶狠狠地说。色彩艳丽的画面很快坍缩成一团，他醒来了。

这个梦让他兴奋，风卷着八月的冷雨吹过门廊，暂时驱散了单调的炎热，舒畅地冷却了他的热血。他为这个梦寻找理由。也许是我编造出来的。也许真的发生过。

饥饿驱使他打破伊诺克的禁令，他跑向寄宿公寓的食堂。门锁着，于是他拖着脚步去布朗尼的杂货店，他买了奶酪、饼干、炸猪皮和两瓶橙汁。

"1美元40美分。"小波把钱递给老人，撕开奶酪的包装，打开橙汁。"别在这儿吃。"布朗尼说，把他的午餐装进包装袋。

小波坐在修车店门外，就着冰冷的阳光吃东西。他看着邓肯姐妹坐在窗口，用麻雀般的眼睛窥视他。他喝完第二瓶橙汁，内心恶意上涌，忍不住把空瓶扔向邓肯家，看见她们在窗帘背后畏缩，他不禁笑了。

两点二十，伊诺克回来了，发现小波在靠着充电器睡觉。卡菲曾建议割了小波的喉咙，现在倒是个好机会，但卡菲不在，而伊诺克不会割人的喉咙。

"醒一醒，小波，真该死，给我醒一醒。"

"怎么了？"

"你瞧，我要去接狗。你三点锁门，六点你到家门口的路上等我来接你。"

"还有谁去？"小波打个哈欠。

"卡菲，比尔，还有维格·库珀。"

"卡菲和比尔不喜欢我。"他提醒道。

"你别嘴贱，他们会喜欢你的。穿暖和点，记住了？"

小波点点头，心想：狗娘养的。

等伊诺克的拖车开上山坡然后翻过去，他锁好门，径直走向露西那儿。她一个人坐着，正在读杂志，看上去已经过够了这一天。也许她睡了个男人，小波心想，但他不想知道。喝着咖啡，他开始倒苦水，讲述他的烦闷、憎恨和困惑。很快，他们开始争论到底要不要打猎。

"小波，你这样会把别人挡得远远的。去打猎吧，他们只是想和你处好关系。"

他凶巴巴地抬起头："你不能先踢狗一脚，然后给它一根骨头。"

然后他突然来了劲头："也许我可以带上老爸的 .45自动枪。"

"你不能朝狐狸开枪，小波，"她浇冷水道，"否则你让狗追什么？"

"我知道，"他说，就好像他是个老猎手，"我只是想让他们知道我会开枪。你懂的，就打几个罐头。"

"确定罐头没腿就行。"她咧嘴笑笑。

他喝掉咖啡，飞快地离开，忘了留小费。

小波的家在山坡上，从二级公路到他家的土路中央被踩成了光滑的红色，边缘处是黄色的硬地。他顺着小径走进永远暮色朦胧、甜香弥漫的凉爽松林。小径在松林里分岔，一条通往废车场，另一条通往他家所在的林间空地，屋子外面铺着简陋的仿砖沥青纸。

林间空地上的野草里嵌着沼生栎和糖枫树的落叶。

糖枫树的迷彩色遮掩着他母亲在门廊周围插的那些永不凋零的塑料水仙花。

小波在门廊台阶上看见了一条铜头蛇的蛇蜕，吓得心里一惊，然后他朝着蒙在蛇蜕上的灰尘笑了起来，大胆地踩上去，跑上门廊。他打开吱嘎作响的纱门，撞开卡住的前门，听见他母亲问："是你吗，小波？"他记得她曾经称自己为她"唯一的小波"。小时候他喜欢被这么称呼，但现在只会让他打哆嗦。不过无所谓了；她已经不这么叫他了。

"妈，是我。"

他在水槽里洗手，隔着厨房窗户望向后院的那堆垃圾。它正在逐渐重新变成一辆1966年款的英帕拉。"就像犯罪克星。"他曾经这么对露西说。此刻他问自己："什么时候才能修好呢？"他把注意力转向打了肥皂的双手，借此消灭这个问题，但另一个念头随即出现：为什么不从唐的车上拆零件呢？

他试图在做饭中寻求平静，刚开始切碎土豆和洋葱，放进平底锅，就听见母亲在卧室里起来了。猪油的香味飘进她的鼻孔，她喊道："很香嘛。"小波没有回答，而是从一整块腰肉上切肉排。肉排同样下锅煎，直到渗出血水来，在平底锅里变成灰色时再翻面。

他母亲迈着不稳定的小碎步走进厨房，坐进餐桌旁的沙发椅。她一直在休息。八年前她丈夫去世后，医生叫她好好休息。她靠矿工的意外保险金休息，结果休息磨灭了她的力量。

她把疲惫的脑袋靠在墙上，头发已经开始变白，但现在还是棕色的。她的眼皮心满意足地耷拉了下来。她穿着两条棉布印花裙，一条套在另一条外面。秋天穿两条，小波心想，冬天就是三条裙子和一件外套了。

小波把晚饭放在桌上，叉起一块肉正要往嘴里塞，母亲却叫他去拿药。"就在水槽顶上的窗台上。"

"都八年了。"小波说，推开椅子起身。他拿起那几瓶五颜六色的药片，视线再次飘向那辆车。轮胎是瘪的。

"我需要吃药。"他母亲说，用叉子把食物捣成泥。她边吃边说："你啥时候才能听你老妈的话，扔掉那堆垃圾？"

"绝不，"他说，放下药瓶，自己也坐下，"一直修到死。伊诺克搞到了……"他不想在饭桌上提起那场事故。

"伊诺克搞到了什么？"

"搞到了一些零件，但我还需要更多。"

"明年春天会招蛇的。"

"这儿到处都有蛇，我会赶走它们的。咱们就别说

106

我的车了行不行？"

"今晚电视上的电影好像很不错。"她说，想要补救一下。

"我约了人，去海尔维第跳舞。"

洗完碗，小波飞快地换了身衣服，他母亲走回卧室，累得正在休息。打扮完毕，他轻手轻脚地溜到走廊壁橱前，从帽盒里取出 .45。他检查弹夹：弹夹里明晃晃地装满了上过油的黄铜子弹。枪的味道甚至挺好闻。他把武器塞进口袋，喊道："老妈，晚安。"关门上锁的时候，他听见她嘀嘀咕咕地向他发号施令。

太阳还没落下去，但已经看不见了。它躲在西面的山坡背后，只露出一撮金光，让山脊上燃起了绿色的野火，将清冷的暗影投向山谷中的一切。小波知道霜冻即将来临。气温太低，不会下雪。他必须出发了。

小波望着树木和房屋向后掠过，半心半意地听着伊诺克唠叨他的两只蓝斑猎犬：马丁利和摩尔。

"马特 [1] 呢，他很会跑，但摩尔能看出来一只狐狸是不是落单了，也知道该去哪儿找它。"

小波心想："我该待在家里看电影的。真希望斯班

---

[1] 马特（Matt）即马丁利（Mattingly）的昵称。

克没有跑丢。但我也不忍心拴着它。"

一幢幢房屋和一个个故事化作云烟。小波扭头去看马特和摩尔，它们腿脚不稳，正在晕车。

"我老爸第一次带我去打猎的时候我比你还小，"伊诺克降了一挡，变速箱咔咔作响，就像在晃动一桶链条，"喝了两勺私酿酒，嚼了半口烟草，我就醉了。哎呀。真是好时光。我躺在座位上……听他们胡侃，我就躺在那儿。我很快就长大了。不得不快，因为我想活下去。你见过我老爸吗？"

"没。"小波说。他在思考，琢磨今晚的电影是什么。

"你老爸认识他。比一条发怒的蛇还凶。我八岁那年就帮我开了苞。带我去克拉克斯堡的妓院，老娘们儿说我不能进门，于是他把我留在车里，然后带着撬轮胎的棒子回去——之后他回来接我，给我看老娘们儿和她男人躺在地上不省人事。"

"肯定很刺激。"小波说，看着卡车经过时，树木在天空中映出的图案。

"是啊，但这还没完呢。他带我闯进一个房间，命令一个姑娘躺好，连一根指头都别动，直到我完事。然后她管我老爸叫狗娘养的，因为他只给了她50美分，他打得她满地找牙。"

伊诺克好一阵狂笑，但小波只是勉强一笑。伊诺克的老爹死了，但猪圈里发现陌生人尸骨的传说还在发酵。

"你第一次是啥时候？"

小波把下午的白日梦当作事实，边说边添油加醋，最后"甜心的老爹端着霰弹枪冲向我"的时候，再近个短短几英寸，他就在射程之内了。

"妈的，她是谁？"

"你以为我会告诉你啊？你说出去会害我没命的。"

"没看出来你居然是这种人。原来是我看走眼了。"伊诺克想了想，又说："你够机灵的。"

他们爬到山顶，几缕阳光穿过密林而来；不开车头灯也足以让他们看清兔子和道路。小波正要说他带枪了，车突然拐下伐木小径，他于是忘了这茬儿。卡车颠簸着驶进森林中的一小块空地，这儿四周都是树木，篝火坑里只有灰烬，摆放着几张破旧的汽车座位。到了，小波心想，跳下卡车。我自由了。独自一人。他在空气中闻到了力量，那气味就像正在回火的好钢。唐再也不会蹭我了。独自一人。

"捡点柴火来。"伊诺克命令道。

小波转过身。"听着，你是我老板，从我上班开始，到我下班结束。今晚你想要什么东西，最好当我是朋友，好好跟我说。"

"挺自大的嘛。"

"我想通了。"

"你表现得不像个男人。"

"你也没把我当个男人。"

小波和伊诺克在山顶上搜寻断枝和没人要的木材。

两英里之外，猫头鹰站在一棵死山核桃树的枝杈上，盯着一片草地。狐狸躲在灌木丛中，盯着猫头鹰和草地。它们都看见了那只兔子，兔子在垂死的斑鸠菊和一枝黄花之间漫步，两者都在等待最佳的出击条件。时机终于来临，还没等狐狸抬起爪子，猫头鹰就已经飞了起来。

风向改变，狐狸换了个地方躲藏，但依然紧盯着正在享受美食的猫头鹰。狐狸小心翼翼地爬行，判断自己与最近的藏身处之间的距离，然后用一声吠叫驱赶猫头鹰。猫头鹰被吓了一跳，直直地飞起来，瞄准窃贼扑下去，但钩爪只抓住了斑鸠菊和泥土。狐狸已经带着猎物藏了起来，遭到抢劫的猫头鹰饥肠辘辘地站在银色的暮霭之中。

小波生火，伊诺克去照顾狗。马丁利和摩尔嗅闻空气，从晕车中逐渐恢复过来。它们腾跃，咬链子，伊诺克检查它们的脚上有没有割伤或嵌石子。火生了起来，小波心里憋屈的感觉越来越强烈，他觉得他比带狗的伊诺克更熟悉森林，有一瞬间想起身跑进黑暗。

比尔在山脚下按喇叭，沿着小径开上来的一路上按个不停。噪声刺痛了狗的耳朵，它们急得汪汪叫。"这就喝醉了？"伊诺克吼道，大笑。一片柿子树丛底下，狐狸在啃兔子骨头和休息，它在两口之间停下，竖起耳朵仔细听。

卡车冲进营地。卡菲从车里掉出来，另外两个人踉踉跄跄地跟着下车，吠叫不已的狗系在车厢里。

"他来这儿干什么？"卡菲指着小波说。

"我叫来的。"伊诺克说。

"哎，伊诺克，"维格喊道，视线从伊诺克转向狗又转回来，"你和马特怎么越来越像了？"

卡菲晃晃悠悠走向篝火，在小波对面坐下，两人厌恶地你瞪我我瞪你。

"傻逼来这儿干什么？"他嘲弄道。

"因为我喜欢。"小波反击道。

"别太习惯了就行。"

小波离开卡菲，走向其他人。

"我他妈的，你别说那条狗能跑。"伊诺克朝比尔吼道。

"本德跑起来最厉害了。我敢打赌它会第一个叫，领着其他的狗跑。"比尔答道。

"我赌摩尔第一个叫，"小波说，"但领头的是本德。"

"至少你还有一半脑子能用。"比尔说。

"赌多少？"小波问。

"1美元。"

"说定了。"小波说。伊诺克单独和比尔赌，他们握了一圈手，然后放开狗。

男人们取出波本威士忌，伊诺克给了小波一件特别的礼物：用梅森瓶装的私酿酒。然后他们回到篝火旁吹牛聊天，等待狗发现猎物的踪迹。

狐狸躲在树丛里，听见嗅闻搜索已经开始。它用爪子蘸了蘸兔子血，借此占得先机，然后蹿过路肩，跑向山谷。比尔的花斑猎狗女王首先闻到了猎物。它没有吠叫，而是向后穿过山梁，前往猎物之前的踪迹所在之处，它知道猎物很可能会经过那里。摩尔发出低沉的吼声，它凭嗅觉分辨出了狐狸和兔子。

"是摩尔，"伊诺克喊道，"无论它在哪儿我都能听出来。"

"这狗的嘴巴倒是很灵。"维格说。

比尔给了两人一人1美元。

"我看错了这小子，"伊诺克夸口道，小波觉得很尴尬，"小波，给他们说说你的第一个女人。"几个人都俯身向前，盯着小波。

"你说吧，伊诺克，我还不够醉。"

小波不时纠正伊诺克的叙述，听众大呼小叫，爆发出赞许的狂笑。

"弗雷德说他没法打猎，"卡菲说，注意小波的反应，"好像有人趁他不在的时候搞他老婆。"小波瞪得卡菲转开视线，然后拿起瓶子喝了一大口。

"也许是那个嬉皮士在报复弗雷德。"维格猜测道。

"嬉皮士只肏动物。"卡菲说。

"或者肏其他嬉皮士。"伊诺克说。

"他就是这个意思。"小波解释道，引得他们一起爆发出一阵狂笑。

最后一把柴火添进篝火，比尔说完了他的故事。狗被忘到了九霄云外。

"就像我说的，我们全都喝醉了，卡菲和汤姆吵了起来，为了两头猪哪头重……洗干净，杀了，分割好。两个杂种把猪装上卡车——包括内脏——去萨顿称重。结果内脏全混在一起了，两个人还为哪个脑袋是哪头猪的打了一架。"

"我给猪开膛的时候，它都没怎么反抗。"卡菲回忆道。

"和你被砍头的时候差不多吧。"维格叫道。他们又爆发出一阵狂笑。

狐狸沿着小径爬向露营地，几条狗在背后嗅闻寻踪。女王埋伏在离人不远的树丛里，确定狐狸会经过之前的路线。狐狸绕着树木兜圈子，这是它甩掉猎狗的最后一招了。

小波觉得自己融入了纱雾般的光线，在失去知觉和再喝一口之间挣扎。他听见了对话的片段，意识飘进虚无的睡梦，然后交谈声再次唤醒了他。

"他坐在圣座上。"比尔的声音在小波的黑暗中响起。小波闭着眼睛不睁开。

"那场车祸真是太惨了，"伊诺克说，"要我说，她是淹死的。"

"怎么看出来的？"维格问。

"她整个人都皱巴巴的——全是褶子。"

"圣洞触手可及，因此就动一动屁股，拯救你的灵魂吧。"卡菲宣唱道。

"她很不错，真的。"伊诺克的声音越来越小。

"妈的，"维格说，"我总是最后一个。"

"先来的先爽。"比尔说。

"闭嘴，"卡菲说，"老子又硬了。"

"妈的，谁不是呢，"维格说，"咱们把她挖出来吧。"

"也许她还热乎着呢。"卡菲说。男人们嗤嗤笑到咳嗽。

"告诉她老爸，她有工作了。"伊诺克大笑。

"我想她。"维格叹息道。

"我不想，"卡菲大喊，"要是没人娶她，她能吊死咱们所有人。不，先生，我很高兴她死了。"

小波摸着口袋里的 .45。

然而这些男人，他们把谎话和真话混在一起，借此消磨时间，到最后小波不再能够分辨哪句是真哪句是假。他也说了些故事；无论是真话还是谎话，都必须一吐为快。现在没问题了；真话和谎话全都说出口了。

狐狸蹿过林间空地，见到篝火和人，它停了下来。女王跳出来发动攻击，不知所措的狐狸却退向了它。一声惨叫，狐狸冲向山谷，女王用视线锁定它，紧追不舍。

"该死的母狗。"比尔吼道。小波醉醺醺地掏出 .45，他朝女王开了一枪，没打中。枪声在西面暗沉沉的山岭之间回荡，卡菲吓得大叫。女王停下，扭头瞪着小波，然后转身继续追狐狸。维格跳起来，踢掉小波手里的枪。

"想救狐狸——来着。"小波口齿不清地说。

"狗娘养的你犯什么浑。"卡菲说。小波想抄起枪宰了他，但枪消失在了落叶和黑暗之中。他的脑袋在抽痛，他傻乎乎地看着男人们。

"别管他，"伊诺克说，"没人教过他怎么做人。"

小波晃晃悠悠起身，对维格说："对不起，我只是想救狐狸。"

卡菲朝小波的鞋上啐了一口，但小波没搭理，走进树丛呕吐。

"你们撒尿灭火，"伊诺克说，"我去叫狗回来。"

星期天傍晚雾气朦胧的怪异灰色光线中，小波险些没找到那片林间空地。头顶上，干燥的橡树叶在枯树枝上飒飒作响，秋季盛开的一朵花有气无力地挂在花梗上，因为叛逆而遭了霜冻。

剩下的这个夜晚平躺在铺着落叶的地面上，就像一个行动迟缓的鬼魂。梅森瓶空了，但他的脑袋感觉挺好，只是有点疼，就像即将感冒。他能在空气中闻到熄灭的烟灰和呕吐物，但风里已经没有了金属熔化的气味，当然也有可能是被风吹走了。

他找到父亲的手枪，湿树叶给它镶上了锈红色的线条，他把枪塞进外衣口袋。他跑下铺着红土的伐木小径，冲向二级公路，他心想等到明年开春，不知道英帕拉能不能上路。

一次又一次

威克斯先生今晚又把我叫了出去，我扭头看我家的门厅。我没关厨房灯。自从老婆子死后，这就是一幢空荡荡的老屋了。威克斯先生不打电话来的时候，我给所有人写信，打听我儿子的情况。有些信寄出去一定会有回信，可惜回信都说没人知道他去了哪儿。我忍不住会想，晚上我不在时他也许会回家，所以我没关厨房灯就出门了。

　　寒风还是那么冷，大雪像霰弹似的打在帽子上，钻进我的衣领。我听见猪在棚子里哼哼着聚了过来，以为我要去喂它们。我不该喂它们吃那些泔水，但在我知道我儿子平安无事之前，我实在提不起兴致。我叫他别去看，我说那些猪就爱鬼叫，因为我从不宰它们。它们一高兴就会鬼叫，但他非要去看不可。然后他就跑掉了。

　　我扒开铲雪车挡风玻璃上的积雪，爬进车里。塑料座椅冷冰冰的，但我喜欢。它们很光滑，容易清理。轮胎螺栓扳手放在座位旁的老地方。我拿起来掂了掂，又放回去。我启动撒盐器，放下铲头，出发去清理山路。

　　雪贴着路肩堆成了一堵墙。没有车辆开动。它们都被困在路边，我开着铲雪车经过它们，一列车队在背后跟着我，但它们没多久就落到后面。他们不知道要等多久盐才能起作用。他们只是些普通的笨蛋。他们在这种天气里东冲西窜，结果哪儿都去不了。他们就不会乖乖待着，等盐融化积雪。

我觉得我年纪大了，没法做这些事了。我希望我能好好歇着，看着我的猪衰老死去。等最后一头猪快死时，我会喂它吃最好的一顿饭，然后敞着大门不关。但这种事多半不会发生，因为我熟悉60号公路从安斯特德到高利的这一段，而且我干活很出色。威克斯先生经常吹嘘我干活如何出色，每次在这条公路的上坡一段遇到另一辆铲雪车，我总会鸣笛。那是威克斯先生从高利开过来。我想到我从没在生活中见过威克斯先生，每次见到他都是在铲雪的时候。有时候我眺望塞维尔山，看见大雪将至，也会打电话给威克斯先生。但我们不是朋友。我和他从不来往。我甚至不知道他有没有成家。

我经过位于鹰巢的休息站，又一群傻瓜在背后跟着我，但很快就只剩我一辆车了。我开下山坡，驶向烟囱角，公路上只有我的车灯亮着，积雪反射我车顶警示灯旋转的黄色灯光和车头灯扇形的白色灯光。美丽的灯光让我微笑起来。但我很累，希望能快点回家。我担心我的猪。我该给它们多喂点泔水的，但只要死一头猪，其他猪很快就会吃掉它的尸体。

我拐过烟囱角的大弯，看见一个搭车客站在路边。他的脸挺干净，人看上去已经冻得半死，于是我停车让他上来。

他说："哎，先生，太谢谢你了。"

"你要去哪儿？"

"查尔斯顿。"

"你家里人在那儿？"我问。

"是的，先生。"

"我只到高利大桥，然后就要往回开了。"

"已经很好了。"他说。这是个有礼貌的孩子。

白痴们在我背后挤成一团，我的铲雪车挂在最低挡，轰隆隆地离他们而去。随他们掉到山底下去好了，我才不在乎呢。

"这可不是上路的好天气。"我说。

"绝对不是，但一个人总要回家嘛。"

"你为什么不坐长途汽车？"

"呀，车里臭死了。"他说。我儿子也喜欢这么说话。

"你去了哪儿？"

"罗阿诺克。为一个人工作了一整年。他放我圣诞假，给了点钱。"

"听着像个好人。"

"那还用说。他在城外有个农场，养马的，你肯定没见过那么多马。明年他就可以让我伺候马了。"

"我也有个农场，但只剩下几头猪了。"

"养猪是个好营生。"他说。

我看着他："你见过猪死掉吗？"我扭头继续看路上的积雪。

"当然。"

"猪很难死。我在战场上见过人死，但都比猪被杀的时候死得轻松。"

"从没注意过。我们用枪，然后立刻吊起来。它们会扑腾好一阵，但其实已经死透了。"

"也许吧。"

"猪不杀的话还能怎么着？卖掉？"

"我的猪都是老猪了。卖不出价钱。我打算就让它们老死。每年冬天我在这段路上挣钱。我也花不了多少。"

他问："有孩子吗？"

"我妻子过世的时候，我儿子跑掉了。但已经有段时间了。"

他沉默了很久。碰到打过补丁的路面，我就抬起铲头，放慢车速，让更多的盐落在地上。我在后视镜里看见车灯鬼鬼祟祟地跟着我。

搭车客突然问:"你儿子如今在干什么?"

"他跑掉的时候在学石匠手艺。"

"挺挣钱的。"

"我不知道。那会儿他只会搬砖。"

他吹声口哨:"今年夏天我搬了两个星期。肌肉从没那么酸过。"

"很累人的活儿。"我说。我心想,这小子能搬砖,肌肉肯定很发达。

我看见威克斯先生的铲雪车灯光迎面射来。我挂到一挡。我一点也不着急。"趴下去,"我说,"被看见让你搭车我会有麻烦的。"

小伙子蜷缩在座位上,威克斯先生铲雪车的灯光照进我的驾驶室。我朝灯光挥挥手,没看见威克斯先生,会车时我们向彼此鸣笛。现在我开得离中线很近。我想把活儿干好,铲掉所有的积雪,然而等我见到威克斯先生背后的车队驶向我,我开始焦虑不安。我可不想引起事故。小伙子坐起来,继续和我说话,害得我提心吊胆。

"我有点不敢过法耶特县。"他说。

"嗯哼。"我说。我尽量不刮蹭任何车辆。

"真该死,但确实有很多搭车客死在那儿。"

一个男人经过时使劲按喇叭,但我必须铲掉威克斯先生留下的积雪，而我总是过于靠近中线。

小伙子说："那个大兵的骨头——我的天，真的很吓人。"

最后一辆车慢慢蹭过去，我的后背和肩膀都在颤抖，我浑身是汗。

"那个大兵，"他说，"你知道他的事吗？"

"不知道。"

"人们在情人洞底下发现了他的行李包。他的东西全在包里，还有他的骨头。"

"我想起来了。确实可怕。"大雪在我的车头灯下形成美丽的图案，看着它们，我的心情渐渐平复。

"还有个大个头弱智也在那儿被杀了。也只有他被发现的时候身上还有肉。其他人只找到了骨头。"

"好些年没新案子了。"我说。这场雪让我想起法国。我们在法国空降时也下着这样的雪。我打个哈欠。

"谁知道呢，"他说，"杀那些人的坏蛋也许死了。"

"我看也是。"我说。

山脚慢慢地出现在前方，我们继续驶向高利，清理新河旁的这段道路。小伙子抽着烟欣赏雪景。

"1944 年冬天，法国的雪也下成这样，"我说，"我在伞兵部队，被空投到德国人最密集的地方。我的排没开枪就占领了一个农舍。"

"该死，"他说，"那是用刀杀的人？"

"敲断了他们的脖子。"我说，眼前浮现我的伙伴掉进猪圈的样子。死得可真快。

我们接近高利，来到其他铲雪车已经清理过路面的地方。我停车，背后的车队蹭着边，超过我开走。我抓住扳手。

"小子，看看座位底下有没有我的手电筒。"

他向前弯腰，在座位底下摸索，后脑勺对着我。但这会儿我太累了，不想费工夫清理座位。

"没有，先生。"

"好吧。"我说。我望着那些车的车灯。这群笨蛋。

"还是要谢谢你。"他说。他跳下车，我看着他一边向后走，一边伸出大拇指。我太累了，甚至不想开车回家。我坐在那儿看着小伙子向后走，直到一辆车为他停下。我心想，这个小伙子有礼貌，大晚上的能搭到车算是运气好。

上山的一路上，我数着死在法国的战友，我不得不停下，从头再数。每次数到下雪的那个晚上我就数不下去了。威克斯先生经过我，他鸣笛，但我没有。一次又一次，我想数个明白，但我做不到。

我在我家旁边停车。猪从后院的棚子里跑出来，对着我哼哼。我站在铲雪车旁，望着塞维尔山四周的第一圈晨光穿过白雪覆盖的树枝。车辆在干净的道路上嗖嗖开过。厨房灯依然亮着，但我知道屋里没人。我的猪盯着我，在饲料槽前喷鼻息。它们在等我喂食，于是我走向猪圈。

印　记

农展会的那天清晨，那股气味划破咖啡和鱼子的浓烈香味，飘向厨房里的蕾瓦。她没收拾盘子，端着一杯咖啡走向隧道般的走廊尽头的光线；她经过她哥哥排列整齐、装框挂墙的箭头，经过她爷爷的炭笔肖像画，经过一片凉飕飕的阴暗处，来到门廊上。棕色的浓雾遮蔽了大地与河流，阳光正在努力驱散雾气。雾散发着矿砂和泥土的气味，蕾瓦坐下，呼吸雾气，揉搓双手，缓解骨头里的疲倦。她为她的哥哥感到担忧，他在河上讨生活，仅仅八年前，这条河杀死了他们的父母。担忧害得她开始头痛，她向自己保证要忘掉。

傻蛋杰基，他们家的田客，在院子里照看泰勒的获奖公牛，他悄声唱着什么白痴的歌谣。公牛左右晃动它庞大的身躯，杰基的刷子在它的黑色毛皮上制造出违背自然的涟漪，公牛为之颤抖。"卡特牧场的骄傲与希望"用鞭子般的尾巴驱赶初生的蚊蝇，蕾瓦开玩笑地叫了一声"皮皮"，然后喝一口咖啡。公牛再次晃动身体。

"真该死，你别动啊。"杰基没好气地说，唱到一半停下了。

皮皮，蕾瓦忍不住笑了。豆大点脑子的皮皮在它的小母牛身上撒尿。噼——噼——

她丈夫泰勒走上门廊，他穿着绿色格子衬衫和蓝色长裤。

"这么穿行吗？"他问，原地转身给她看。

"行，可以去表演杂耍了。"她笑着说。

"我挑不出来。"他说，为色盲而尴尬。

"大泰，你去找条浅色的裤子。"她说，知道那条裤子实际上是暗褐色的，看着他慢吞吞走进走廊，步伐像是一个小男孩，而不是已经一起过了两个冬天的丈夫。

她摸着应该在孕育婴儿的地方，闭上眼睛，想象她的血流在兔子的血管里。医生说，假如她怀孕了，血液会被泵进卵巢并使之膨胀。他们会杀死兔子，在它的器官中寻找她的秘密，但她下腹部的沉坠感剧烈得吓人，太像她反应最严重的那个月了。她对自己说，他们不会在兔子卵巢里发现任何秘密。

她记起她哥哥克林顿把一窝小兔子抱在赤裸的胸前，而割草机在他背后发出沉闷的嗡嗡声。是不是就在那年夏天，她开始想要他？

她向前望去，浓雾已经从公路上散开，正在飘过河谷里的几英亩烟草田，留下闪闪发亮的一层露水。克林顿出航前帮他们给庄稼剪枝和除虫，她眯起眼睛，想象一个妓女拥抱她哥哥强壮的身体，嗅闻他们爷爷遗留的香烟味道。到下个星期，地里会只剩下枯干的残茬儿供蛇躲在里面蜕皮，还有来自烘干作坊的尘土气味。

泰勒穿着一条浅蓝色的牛仔裤回来，蕾瓦都不记得他有这条裤子了。她深吸一口八月份热烘烘的空气。

"杰基到底在干什么？"他问，望着他们的田客。

蕾瓦没有回答。一只蚂蚱落在栏杆上，蕾瓦看着它披甲的上下颚里吐出浆液。就是在这同一个地方，她爷爷曾经讲述他当船夫时的故事，吟唱水手的歌谣，而她和她哥哥交换过黑暗的秘密。

"杰基，去把它牵到卡车上去，"泰勒喊道，然后嘟囔着，"该死的白痴，到集市上还得再来一遍。但它看上去很有冠军相，对吧？杰基连鼻环都擦亮了。"

"光是这个就够了。"她说，自己去拿那条裤子。

"是的，先生，"泰勒对公牛说，"你看上去帅极了。"

蕾瓦沿着走廊向回走，和她爷爷看了个对眼，她没见过他年轻时的面容，她没停下，一直走到门廊上。

"趁比尔和卡琳还没来，快去换上这条。"她说，把裤子递给泰勒。

"不想帮我一把？"他说，搂住她的腰，笑嘻嘻地亲她的脖子。他散发着剃须水的香味，但下巴很扎人。

"有一块没刮干净。"她说，用手摸过他的面颊，然后推开丈夫。他走进屋子。

杰基牵着"骄傲与希望"走上平板卡车，系好绳子，挂上车门。蕾瓦看着他垂下头，哧哧笑着跑向谷仓，左膝盖碰右膝盖。她琢磨他是不是在谷仓里藏了瓶酒。

浓雾已经散尽，她能看见河对面的群山了——这些山丘过去没多远就是俄亥俄的平原。东面的河岸上，藤蔓和野草几乎遮蔽了她爷爷工作过的船闸值班室，那是一座鱼鳞式搭叠的小木屋。他们小时候值班室就空置了，成为她的游戏室和克林顿的堡垒。两人曾经在水泥地基旁挖掘，寻找爷爷声称小时候从河里钓上来的一具尸骨，结果却一无所获。河岸上下，黑色的河泥里点缀着湿滑的小径。一棵水枫的树根涨破了一扇闸门的桥台，桥在十二月一个寒冷的星期五垮塌，那天克林顿把他们父母的姓名缩写刻在了光滑的灰色树皮上。

轻风卷着尘土刮过门廊，蕾瓦在热浪中微微发抖，她闭上眼睛，因为凝视太久而流下了眼泪。一丝疼痛像螺栓似的钻进后背，她竭力去恨他们将自己独自留在这儿。她试着责怪克林顿、她的父母，甚至责怪这条河，但她睁开眼睛，盯着她小小的拳头、攥得发白的指节。

公牛在车上冷漠地跺脚，初升的太阳晒得蚂蚱嗡嗡起飞，美好的气氛随着浓雾一起散去。她看见比尔的新别克拐下公路，于是拖着沉重的身体站起来，走进屋子。

***

"她一直呆呆地愣神。"泰勒说，他看着公牛，等待弟弟回应。

他弟弟坐在栏杆稍高一点的地方，正在抽烟。蚂蚱的嗡嗡声让空气更加凝滞，山坡上，水枫树积着灰尘的绿叶无精打采地悬在那儿，证明此刻没有一丝风。比尔打了个哈欠。

泰勒抬头看着弟弟："我觉得给她个孩子能让她别去想克林特[1]。妈的，他走的那天她就准备好了。现在她成天想念他的油嘴滑舌。"

比尔依然一言不发，泰勒起身站在他弟弟旁边。比尔试着纾解泰勒的担忧。

"哎行了，老泰。别像个老女人似的担心这担心那。你有一个农场要照看，多担心担心这个。"

"我也说够了。要是烟草没个好收成，那我可就麻烦大了。"

蕾瓦站在走廊里，食指摸着一枚玫红色箭头的锯齿边缘。克林顿说这是肖尼人[2]战斗用的箭头，把它放在

---

[1] 克林特（Clint）即克林顿（Clinton）的昵称。

[2] 肖尼人（Shawnee）是一个原生于北美洲的阿尔冈昆语民族。

133

正中央是因为妹妹最喜欢它。楼上传来冲马桶的声音，她听见弟妹边哼着歌边洗手。她出去了。

"准备好了？"泰勒说，跳下台阶。

"卡琳呢？"比尔问。

"厕所里，我有个主意。"她说，合上手包。

"我老婆膀胱小。"比尔对哥哥说。

"看那儿。"蕾瓦说，指着院子，有只鼹鼠正在打洞。泰勒走过去，用鞋跟踩住正在蠕动的泥土。

"泰勒，鼹鼠没惹我们。"她说，觉得丈夫的傻笑很讨厌。

"我知道，"他说，跪在地洞的开口处，"给它自己挖坟呢这是。"

"据说三伏天里一切都有毒。"比尔说。

蕾瓦恶狠狠地瞪他。

"什么有毒？"卡琳说着走上门廊。

"没什么。"蕾瓦撩起头发，下台阶走向别克车。

杰基靠着卡车，大脑袋懒洋洋地搁在挡板上。"好天气。"蕾瓦经过时他说，她点头微笑，知道无论什么天气对杰基来说都是好天气。坐在越来越热的车里等待，她的头疼从脑门扩散到了两耳之间。她望着河岸上的悬铃木和水枫树。秘密图腾挂在树上，就像献给她父母的招魂树的礼物：蕾瓦的一条项链，克林顿的一根有魔咒的狗骨头，钓鱼线串起来的碎玻璃使得树木在冬日阳光中闪闪发亮。她的头脑变得清楚，她听见其他人走向车子，一边小声交谈。只有泰勒的声音从胸膛深处冒出来："……但他们死了很久了。"

寂静的车里，卡琳很同情头痛的嫂子。她记得卡特爷爷在河岸上冒着冷风站了几个星期，看着一辆辆车被捞上来，车身的裂口吐出河水。只有听说捞上来了福特皮卡他才会走近细看。他儿子的车终于出现，但车里没人，他转身回到载着孙子和孙女的车上，远远望着那堆变形的金属。

光滑的柏油路突然中断，取而代之的是四英里水泥预制板。车每碾过一块水泥板就跳一下，泰勒放慢车速，示意杰基别跟太紧。

"该死的白痴，"他说，然后看着后视镜，对背后的比尔说，"你看见雷曼的牛了？叫'仰光'。"

"听着像是什么传染病。"比尔咻咻笑道。

"大概是在越南得上的。"

"是名字还是传染病？"蕾瓦坏笑道。没人跟着笑。

"我敢打赌他伪造了证明文件，"泰勒继续道，"好看归好看，但没血统。"

"屁，"比尔拖着长音说，"雷曼才没那么精明呢。"

卡琳凑近蕾瓦。"我等不及听医生怎么对你说了。

害怕吗?"

"快急疯了。"她说给泰勒听。

"想要男孩还是女孩?"卡琳问,瞪大了蓝眼睛。

"无所谓。听老天的,等我确定了再说。"

泰勒握住她的手,她在他冰冷的手指里感觉到了担忧。这段路开得她晕车,她闭上眼睛,想到等孩子出生,克林顿大概就再也不会回来了。

"县里有一头新的安格斯牛。"她听见比尔说,感觉到泰勒的手指放松了。

"谁的?"

"叫乔丹还是耶尔根的一个家伙的,我忘记了,但那头牛叫'帝国太阳'——太阳。从弗吉尼亚一路运来的。"

"好血统?"

"你付不起那个配种费。"

卡琳再次凑近蕾瓦:"你打算给孩子起什么名字?"

"'帝国太阳'。"蕾瓦的声音很空洞。

"要是不行,"泰勒试着开玩笑,"就用老杰夫·D. 卡特的名字给他起名。蕾瓦,是这样吧?"

"没错,大泰。"

"去年谁赢了?"泰勒看着镜子里的比尔,再次挥手让杰基后退。

"那什么，"比尔说，"我不记得了。"

***

美国未来农民协会的年轻人把口嚼烟草换到另一
边脸去，递给蕾瓦她要的火腿三明治；他含着一口烟草
汁，所以笑起来不太自然。下午的阳光照着他的眼睛，
他皱眉眯眼的样子让她想起她的哥哥，她付钱时对他
微笑。

"我死也想不通你为什么要吃这种垃圾。"卡琳鄙夷
地说。

蕾瓦想起年轻人的笑容，咬了一大口，从三明治里
拽出肉片。她朝卡琳像吐舌头似的甩动肉片，眼神比先
前亮了一点。"好吃。"蕾瓦说，把肉塞进嘴里。

游乐场铺着锯末，充满尘土的气味和人们的欢声笑
语，一点也不像牲畜栏，也没有那股臭味。他们慢悠悠
地向前走，茫然地看着同样茫然的其他人。孩子们尖叫
着嬉笑追逐。一个红头发的小男孩从头发里摘出一团团
棉花糖，而他姐姐笑着继续往他头上粘棉花糖。他们的
母亲坐在长凳上，望着人们的面容组成的森林。

蕾瓦想起她的婚礼后克林顿如何取笑她。"像条老
鲶鱼似的翻肚皮去吧。"他笑着说。后来他一直叫她鲶

鱼，提醒她上泰勒的床之前要当心肉饵和钓钩。

他们再次经过过山车，卡琳走向碰碰车。"来玩玩。"她说。

"算了，今天我已经颠够了。"

"好吧，那就全玩过了。"卡琳说，有些失望。

"还没看杂耍和马戏呢。"

"那些?"卡琳不耐烦地问道，眯起眼睛，但还是跟着蕾瓦走向了表演场地。

就算加上招徕观众的喊声，杂耍场地也还是很安静，成年人的交头接耳在叫卖声之下汇集成了嗡嗡声。他们经过加尔各答怪兽和活人火炬，随着演出结束，交头接耳变成了正常聊天。没人为脱衣舞女招徕观众，也不需要。

"比尔说她用那儿抽雪茄。"卡琳小声说。

"这就是个好把戏了。"蕾瓦答道。想到那个光景，她不禁笑逐颜开。她哥哥会从上游归来，但穿的不是船夫的衣服，而是扮成一个赤条条的印第安人，躲在木瓜树搭成的隧道里。她会在船闸值班室里向他展示这个把戏。她的情绪忽然又低落下去，因为她想到某个妓女也许已经给他表演过了。

"快看，蛇!"蕾瓦低声惊呼。

"我早就受够了，不想付钱看。"

"哎呀来吧，卡琳。"蕾瓦说，掏出几个硬币递给叫卖人。卡琳拖在后面，挤过人群，来到蕾瓦身旁，蕾瓦在用帆布隔开的场地边挤出了位置。场地里有些无毒蛇，一个光脚的老人坐在它们之中，他滔滔不绝地讲解，语调很专业，但渗出了厌倦。

"你们看，这是一条活蛇。"他说，抓起一条小蛇，然后一把塞进喉咙。卡琳感到反胃，观众交头接耳。

"你，先生，"他继续道，指着穿围兜工装服的一个男人，"你看见蛇藏在我嘴里了吗？"他张开掉光了牙齿的嘴巴。穿工装服的男人看也没看，只是羞答答地摇头。吃蛇人打嗝，把蛇吐到手里，放它爬回伙伴当中去。交头接耳声席卷了帐篷，但蕾瓦跟着卡琳出去了。她为泰勒和他踩死鼹鼠的那只脚感到惋惜，但她知道他就是这么一个人。

"我回围场去了，"卡琳说，"这儿看得我恶心。"

"哎，你看那儿。"蕾瓦指着一个铁丝笼子，两只蜘蛛猴正在交配。另一只公猴躺在笼顶底下的架子上，摸着自己的身体，等待轮到它上场。

"我认识一个女人就这么给孩子打上了印记。"

蕾瓦把视线从猴子身上转开，轻蔑地看着卡琳的蓝眼睛。

"对，"卡琳怀着恶意继续说，"我老妈告诉我的。

说那姑娘怀孕到了七个月，就喜欢看猴子，她丈夫拖都拖不走。"

蕾瓦看着母猴等下一只公猴爬上来。轮到自己上场的公猴爬下来，母猴面无表情地望着蕾瓦，眨眨眼睛。

"后来那婴儿生下来完全就像只猴子，"卡琳说，弯下腰，在蕾瓦和笼子之间说话，"老妈发誓说那就是我们身上兽的印记，不过她就喜欢说这种东西。"

"它后来呢？"蕾瓦问，像是想知道答案。

"应该死了吧。"

两只公猴都在休息，它们伸直身体躺在笼子底下，母猴蜷缩在角落里，目光炯炯地瞪着外面。风吹来了它们的臭味。此刻蕾瓦只想去船闸值班室，想用臀部和肩膀感受冰凉的地面。

她的腹部传来一阵熟悉的剧痛。疼痛让她感觉疲惫而空虚。"我胃疼。"她对卡琳说。

"那个三明治。我告诉过你别吃了。"

泰勒抓住她的胳膊，吓了她一跳。"我们到处跑来跑去找你们。你脸色不好。"他说，看着她的面颊变成冰冷的苍白色。

"老皮皮怎么样？"尽管下腹绞痛，她还是问道。

泰勒摇了摇头。

"真抱歉，大泰。"她说，爱抚他的面颊。他的脸已经毛刺刺的了。

"你还好吗？"他问。

她把脸贴在他的胸口，让他拥抱自己。他散发出好闻的汗味，但鱼子和家畜的气味也附着在他的皮肤上。

"嗯，大泰。"她说，感觉到血淌了出来。那只兔子白白死去，她感到很难过。

***

蕾瓦走下台阶，没有去找鼹鼠被摧毁的隧道，而是穿过汇聚如云的一团团小虫走向河畔，月光驱散了河谷中的黑暗。在草丛深处蛇醒来的地方，她看见萤火虫点缀着天空，觉得在干燥的空气中闻到了潮湿的气味。

泰勒在门廊上望着妻子走在河岸上，枫树的影子掩映她的身形，树叶给河对岸升起的月亮镶上了花边。他在同一天失去了大奖和孩子，她的病痛让他越来越烦恼。"哎，杰基。"他喊道，等待田客慢吞吞地走进院子。

"咋了？"田客在他的木棚前喊道，声音接近尖叫。

"过来喝一杯。"

在被青苔模糊了轮廓的水闸旁，蕾瓦望着两个月亮，一个安安静静地悬挂在俄亥俄的上空，另一个在和缓的水流中支离破碎。蚊子在耳边嗡嗡飞舞，从她胀痛的头皮底下吸血，但她一动不动。上游方向，一头鹿的蹄子陷进了烂泥，但蕾瓦目不转睛地盯着水中的月亮——她知道克林顿和他的辛辛那提妓女也在看这个月亮。她摸着腹部，想到从未出世的孩子，开始后悔她做的事，甚至想忘掉它。

河对岸，一点渔火在舞动，有时她几乎觉得能闻到那烟味。她站起身，关节因为在露水中坐得太久而噼啪作响。她用冰冷的手指抚摸刻在树上的字，去感受家人留给她的唯一纪念：L.C. N.C. 1967 年。

杰基对着第二杯酒微笑。泰勒把酒调得很烈，杰基的傻笑逗得他大笑。

"你要给孩子起啥名？"田客问。

"我不会有孩子了。"泰勒答道。

"但我脑子里——"

"你没脑子。我也不会有孩子。"

杰基傻乎乎地看着泰勒。农夫揉了揉脑门，搜肠刮肚寻找字眼。

"她小产了。"他最后说，希望杰基能明白。

他们听见门廊上传来低沉而痴傻的呜咽声，于是走出去看。蕾瓦坐在台阶上呜咽，抱着自己的身体前后摇晃。

"真他妈该死。"泰勒说，看见橙色的火苗蹿出船闸值班室。

"是我干的。"蕾瓦对杰基说，他站在她面前的台阶上。她望向门廊，看着她的丈夫。"我做了件可怕的事，大泰。"

"来吧，快起来。"杰基说，抓住她的胳膊，搀扶她起身。他的大头挡住了月亮，她贴在他身上哭泣时，他也挡住了火焰。他的气味就像木炭和威士忌。

斗 士

斯凯威在黑暗与光明之间的寂静中醒来，做梦害得他难受。他翻个身，用手在脑袋上找肿包。肿包只有几个，但骨头被椅子打中的地方在疼，他出血的指关节撞击路面之处也在疼。木棚里暗沉沉空荡荡的，就像蓄水池，他听见自己的声音说："邦德。"

梦境太真实了，太像他和邦德在现实中打架了，他琢磨自己是不是真的想要杀死他最好的朋友。他们把被重拳打昏的邦德从医院送回家时，斯凯威的母亲央求他别再打拳了。"非打不可的话，"她当时这么说，摸着斯凯威眼睛上方的绷带，"千万别再扎上绷带了。也千万别打伤其他人了。"

特鲁迪在她自己的梦里喃喃自语，他慢慢地从被单底下钻出来，尽量不让床垫弹簧发出吱嘎声。和她交谈让他觉得空虚，她醒来时他也不想在她身旁。他穿上衣服，蹑手蹑脚走向冰箱。冰箱里只剩下一点兔肉；不过这毕竟是野味，而他饥不择食。

外面，来自东方的亮光射穿浓雾，把山梁染成粉色。斯凯威知道珀西维尔镇就在山的另一头，但他知道亮光不可能来自那儿的灯火。他爬上西面的山,走向克莱顿,希望自己离飓风镇越远越好,离邦德越远越好。

他爬上第一个山包,扭头望向山谷,他知道特鲁迪依然在那儿沉睡,他又望向地平线另一头的远处,他知道邦德会在海湾石油加油站门口,坐在可乐箱子上讨零钱,舌头软塌塌地悬在外面。斯凯威摸了摸腹部的皮肤,觉得他只是拉肚子而已。

来到露天煤矿,斯凯威坐在大石头上,吃着冷兔肉,俯视克莱顿的屋顶:公司的商店、公司的教堂、公司的住宅、被浓雾打湿的铁皮,全都闪闪发亮。他之前看到一个矿工从机修店偷了一段铁链,斯凯威本周在那儿值班,他向自己保证要告发那家伙,但很快就忘了个干净。他在住宅周围看见了主妇们种花的地方,但由于总是沐浴在煤尘之下,植物不是已经死了就是奄奄一息。

镇外不远处,在与自由意志教堂隔着一条碎石路的地方,就是"车厢",那是一节没有车轮的餐车,自从伐木业完蛋后就被扔在那儿。在星期天的阳光下,车壳像只牡蛎壳似的泛着微光。

斯凯威把兔骨头扔进树丛,算是给狗群取乐,在牛仔裤上擦干净手,然后下山走向"车厢"。他踩着撒满瓶盖的路面，穿过餐车所在的空地，扭头望向他先前坐的地方。山峰在正午的阳光下像个苹果核。

餐车里依然弥漫着昨晚打架留下的汗水和鲜血的气味。他推开所有窗户，琢磨十条壮汉怎么能在餐车里找到空间打架。他揉了揉指关节，笑了。他在门口打个哈欠，等待咖啡机预热，在浓雾中看见特鲁迪的黄色裤装拐下公路。

“你去哪儿了？”他问。

“你开什么玩笑，斯凯威·凯利，”她笑嘻嘻地穿过空地，挽住他的手臂，“你一点也不尊重我。早上也不好好亲一个就溜走了。”

“我绝对尊重你。我会尊重你到你走不动路的那一天。”

“你又在开玩笑了。你今天打算干什么？”

“卖私酒。”

“别开玩笑了。”

“我没开玩笑，特鲁迪。我要为科利做事。”他说，看着她噘起嘴。

“那斗鸡……”

“好吧，你待着，和埃伦谈一谈。”

“上次我和她谈，害得我闻着像个汉堡包。”斯凯威大笑，她拥抱他。“我去找牧师，或者干点别的什么。”

"这个别的'什么'千万别有这么大。"他说，比画他胳膊那么长的一段距离。她甩开他的手，走向公路，最后，他在浓雾中只能看见她的黄色长裤起起落落。他喜欢她，但她让他觉得自己肥胖而懒惰。

"哎，特鲁迪。"他喊道。

"什么？"声音从雾中的公路上飘回来。

"要好好受尊重哦。"他说，听见雾中传来喟然长叹："我对天发誓……"

路对面的教堂响起了闹哄哄的声音，两个喝醉酒的矿工拍打着身上的灰土，走下木头台阶，顺着公路走向住宅区。

斯凯威从架子上拿了两个杯子，倒满咖啡，穿过公路走向教堂。染色玻璃窗里只透出一丝光影。老执事在清扫长椅间的酒瓶，他低声自言自语，空瓶干杯碰得玻璃叮当作响。

"来，赛福斯，"他把沉甸甸的马克杯递过去，"大清早的没杯咖啡可不行。"

皮包骨头的老人继续清扫，直到马克杯沉得斯凯威举不动了，他把咖啡放在长椅上。

"他们闹得够凶的。"斯凯威再次搭话。

"是啊，在教堂里喝酒。"老人从手上的活计里抬起头，棕色的眼睛反射着朦胧的光线。他拿起咖啡，倚在扫帚上。"多少？"他问，吹开飘向眉头的蒸汽。

"够多的了。一边差不多二十五。"

"了不起，"老人喃喃道，"咱们出去说。赞叹魔鬼的功业，上帝会惩罚我的。"

来到外面，斯凯威注意到老人站得更直了，但很费劲，因为腰痛而龇牙咧嘴。

"谁赢了？"赛福斯问。

"应该是克莱顿。来，我让你开开眼界。"

他们穿过柏油路，走向矿井旁废弃工厂的地下室。吉姆·吉布森的皮卡四轮朝天躺在那儿。

"克莱顿的五个小子掀翻的。"

"该死。"赛福斯只能挤出这两个字。

"车里没人，但折腾出了好大的响动。"

"我看也是。"他望向斯凯威的指关节。

斯凯威在牛仔裤上擦了擦手。"哦，有几个小子特别烦人，我稍微教训了他们一下。那些小子，打起架来太认真了。"

"我以前也是。"赛福斯说，扭头继续看被荼毒的皮卡。

斯凯威望向西面山上黄色的松树：光线照亮它们的情形让他想起他和邦德一起去打松鸡，他们在浓密枝杈下半亮不亮的树荫中结伴而行，鸟在飞走前发出类似人类的怪声，你捡起猎物时它们的脖子往往是折断的。

"你今天卖酒吗？"赛福斯盯着皮卡看个没完。

"当然。斗鸡在哪儿？"

"他们总会找个地方碰头的。"他说，把咖啡杯还给斯凯威，说声"谢谢"，转身走向教堂。斯凯威侧头望向老人，看他有没有佝偻下去，他没有。

斯凯威回到餐车里，插上使用过度的点唱机，朝自己的影子挥了几拳。他觉得疲惫，只煎了一块芝士汉堡当早饭。

女人背对着他，因此斯凯威一直盯着她柔软的棕色鬈发。她的头发很干净。和她在一起的男人时不时瞥斯凯威一眼，看他是不是在偷听。这是两个外来人，他们边喝咖啡边低声争吵。

汤姆和埃伦·科利停下他们的皮卡。埃伦仰头大笑。进门之前，他们先去欣赏了一下隔壁地下室里底朝天的皮卡。他们走进店里，来到柜台最靠近厨房的尽头，远离顾客，埃伦还在她矮小的丈夫身旁笑个不停。

斯凯威伏在柜台上，去听科利在低声说什么。他注意到科利的蓝眼珠四周露出了眼白，斯凯威在受到威胁的马匹脸上见过同样的表情。

"杰布·辛普金的谷仓，"科利耳语道，"一点见。"

"好的。"

"他走的时候还好吧？"科利问。

"谁？"

斯凯威板着脸，埃伦在他旁边噗噗笑，用手捂着嘴巴。两个外来者在竖着耳朵听。

"该死，当然是吉布森了。我收拾他是不是太狠了？"

"非常狠。你用了棒球棒，不记得了？"

"唉，妈的。"

"是啊。"斯凯威说，埃伦放声大笑。

斯凯威接过钥匙，出门走向科利的皮卡。马路对面，孩子、女人和老人走向教堂。杰克逊神父和执事在门口迎接他们，和人们握手。赛福斯马马虎虎和斯凯威打了个招呼，斯凯威做个"OK"的手势，钻进驾驶室。天晓得赛福斯能不能看见。

皮卡隆隆驶过柏油路，斯凯威在驾驶座上向后一靠，让双腿沉下去，他能感觉到腹部在随着皮卡的颠簸而震荡。他从座位底下取出左轮手枪，在路边寻找土拨鼠。在餐车和科利家被煤尘覆盖的车道之间，他什么都没找到。

他从科利家的地窖搬出几箱一品脱装的杰克·丹尼和老乌鸦：4美元一瓶，斗鸡现场卖8美元。他第一次去克莱顿的时候，很讨厌波本威士忌。他注意到有苍蝇，在飓风镇，它们会无声无息地在邦德的舌头上爬。他打开一个箱子，取出一瓶酒，一口气喝掉一半。等到灼烧的感觉过去，他已经来到了辛普金的谷仓，听见鸡在尖声怪叫。

沃茨·霍尔是克莱顿的一名斗鸡人，他和一个陌生人走出谷仓，正好看见斯凯威喝完那瓶酒。

"还有剩的吗？"沃茨问。他的脸上星星点点长满肉瘤。

"足够你喝了。"斯凯威说，掀开毛毯，露出装酒的箱子。沃茨拿了两瓶老乌鸦，递给斯凯威一张 20 美元的钞票。

"贵了点吧？"陌生人看见找零，插嘴道。

"这位是珀西维尔镇的'朋克本尼'。"

"又一个珀西来的了？"斯凯威问。

本尼的脸色看着像是要扑上来。

"行了，"斯凯威继续道，"价钱又不是我定的。"

"朋克"假装在看他手里那瓶酒的标签。

吉布森走出谷仓，斯凯威侧身朝驾驶室挪动，贴近左轮手枪隐藏之处。

"斯凯威，有我的吗？"吉布森问。

"当然，"斯凯威答道，走向车厢，"我好像忘带香烟了。"

吉布森从烟盒里抽出一根，斯凯威接过来，把酒瓶递给他，钞票塞进口袋。他注意到吉布森的眼圈和太阳穴被球棒击中的地方颜色发黄。吉布森站在那儿喝酒，斯凯威清点箱子，假装困惑。

　　"爱尔兰仔去哪儿了？"吉布森问。

　　斯凯威转过身，微笑道："不知道。"

　　"你看见他就告诉他，我在找他。"

　　"没问题。"

　　"朋克"跟着吉布森回到谷仓里，斗鸡正在喔喔叫。

　　起风了，把阴云吹出山谷，高悬于头顶上。杰布的女儿卡莉站在农舍垫高的前门廊上。斯凯威看着她盯着自己。工作时他听杰布说起过女儿，知道她去了亨廷顿念大学；特鲁迪说上大学的姑娘只想找有钱男人，他相信她说的。卡莉穿着笨重的木鞋，他看着她咚咚咚地走下台阶，穿过他们之间的院子；他注意到她身上的一切——无论是头发的鬈曲弧度，还是牛仔裤的贴身程度——都过于完美。她就像他在《花花公子》里见到的女郎。他知道就算她站在自己身旁，他也没法拥有她。

　　"你姓凯利，对吧？"她的声音和她的人一样完美。

　　"对。"他说，但不想说出自己的名字。他知道她会笑的。

"我妈说你和'机关枪凯利'[1]是亲戚……"

他把一箱酒搬到车尾挡板上，像是要卸货，他真希望那个杂种刚生下来就被人一枪打死了。

"他是我的表亲，两代还是三代之外的，所有人都为他感到羞耻。我对他一无所知。"

"还以为你知道点什么呢。我在写一篇关于他的心理论文。"

"你说什么？"

"写一篇心理学论文。"

斯凯威琢磨，她是不是像男人搜集斗鸡似的搜集变态狂的资料。他拎起箱子。"去看吗？"他问。

"恶心。"

"要是它们不想打，再逼也没用。"他微笑道，拎着箱子走进谷仓。他看见卡莉站在门口，又回去拎另外一箱酒。她穿着木鞋，慢悠悠地跟着他。

"你住哪儿？"卡莉问。

"珀西维尔镇和克莱顿之间的河谷里。"

她露出困惑的表情："但那儿什么都没有。"

"没错。"他说，琢磨她是不是把他和他那位亲戚归

---

[1] "机关枪凯利"（"Machine Gun Kelly"，1895—1954）原名乔治·凯利·巴恩斯（George Kelly Barnes），是二十世纪二三十年代的美国抢劫犯、绑架犯，因其最喜欢的武器汤普森冲锋枪而得名。

为了同类。

他们看着赛福斯的皮卡颠簸着驶过小溪，开上山坡又开下来，然后驶向谷仓。赛福斯径直进去，连个招呼都没打，斯凯威撇下卡莉站在那儿，拎起另一箱酒跟着赛福斯进去。等他出来，科利堵住了卡莉。

"吉布森在找你。"斯凯威对科利说。

"我正在和卡莉说那件事呢，就是——"

"吉布森先生只是想赢回他的尊严。"她插嘴道。

"于是我心想，咱们可以安排一场小小的比赛。既然你天生就会打拳，所以我希望你能上场。谁输谁就为那辆皮卡付钱——当然了，我乐意掏腰包，但我知道你不可能输。"

"我五年前就不打拳了。"斯凯威说，拨弄着车尾挡板的铁链。

"你很敏捷，小子。我见你打过。甚至不需要真打。你带着吉布森跑都能累死他。"科利大笑。"再说了，"他对卡莉说，"斯凯威喜欢打架。"

她咯咯直笑。

"妈的，打架不一样。你这是赌钱的。"

卡莉又咯咯笑。

他望向牧场，风吹动乌云，太阳时隐时现。他看见半山腰有一棵冬青树。他母亲一直喜欢冬青树。他从没告诉过任何人他向她保证过什么；他知道他们都会嘲笑他。

"200美元。"他听见自己说。

科利的眼睛瞪得露出了一圈眼白，但很快收了回去。"卖酒利润的一半。"他还价道。

"答不答应随便你。"斯凯威说，看着卡莉微笑。

"好吧好吧，"科利说，"卡莉，你去劝劝吉姆。让他答应星期六打。"

斯凯威看着卡莉走进谷仓，知道吉姆见到她多半会忘记一切。但他很高兴能打这一场。他饥肠辘辘，想吃野味了。

"午饭去哪儿？"他问科利。

场地里，两只深红色的斗鸡振翅飞旋。斯凯威既不看也不下注；刚开始训练的公鸡不会打架，把大多数精力都消耗在躲避对手上。

"歇歇吧，"赛福斯喊道，"不斗的鸡看也白看。喝一杯提提神吧。"

接下来的十分钟，斯凯威和科利递出一瓶瓶酒，挨个找零。然后，突然间就没人要酒了，可他们还剩下半车货呢。

"珀西维尔人从昨晚后就不买我的酒了。"科利嘀咕道。他们留下半箱，把其余的装上车，科利送回他家。

斯凯威把半箱酒放在一旁，走向斗鸡场，去看沃茨的鸡。那是一只来亨鸡，鸡冠剪得像一颗草莓。沃茨让它上场打一只黑胸脯的红公鸡。斯凯威看着他们把两英寸长的刀片绑在鸡爪上。"朋克"站在他旁边，用巴洛刀清理指甲。

"本尼，你赌谁赢?"

"我让你八赔十，赌红的。"他说，小刀在指甲盖底下抠一块黑泥。

"定了。"斯凯威说。他们把钱放在两人之间的地上，看着斗鸡的主人把两只鸡凑到一起碰了碰，然后从中点向后撒开八英尺。

"开始!"赛福斯叫道，两只公鸡昂首阔步走向对方，忽然间化作一团上下翻飞的羽毛。

沃茨的公鸡退开，右翅膀底下被刀片划了一道鲜血淋漓的口子。

"给我——"但还没等投注人说完，两只鸡就在半空中短兵相接了，来亨鸡的刀片把斗鸡钉在地上。

"收鸡!"裁判说，但两个主人都没动弹；他们在等着听新的赔率。

"该死，我说'收鸡'。"赛福斯怒道。两只鸡扭成一团，直到开始互啄，主人终于上来拉开它们。

"平局。"有人喊道。本尼弯腰去捡他的钱，但斯凯威踩住了他的手。

"松开！"

"给我放着。"

"你没听见吗？平局。"

"你已经赌了，'朋克'。要么放着，要么滚蛋。"

"朋克"松开了钱。

两只鸡发狂般地互相绕圈，来亨鸡再次按住红公鸡，刀片插进斗鸡的背部。

"收鸡。"赛福斯开始腻烦了。

红公鸡的主人是一个在 C&O 公司 [1] 上班的珀西维尔人，他把水浇在鸡喙上，往鸡嘴里吹气，让空气穿过凝结的血液。

"真是一只珀西维尔鸡。"斯凯威咧嘴一笑。本尼恶狠狠地瞪他。

沃茨推着他的来亨鸡靠近斗鸡，但没得到任何回应。

"这是打不起来了。"赛福斯嘟囔道。

"别判我的鸡输。"C&O 公司的男人叫道，他的双手和衬衫上都沾着血点。

"要是我和那只公鸡一样弱，就找块石头撞死算了。休息一会儿，喝一杯。"

---

[1] 切萨皮克与俄亥俄铁路公司（The Chesapeake & Ohio Railway）的简称。

"我的荣幸。"斯凯威拿起钱，对本尼说，回到半满的箱子旁边。他卖掉了所有的酒，只剩下屁股口袋里的两瓶，于是出去找卡莉。吉布森笑嘻嘻地拦住他。

"我会给你一顿好打的。"他警告道。

"行啊，"斯凯威说，"什么时候觉得脑子不清醒了，就来找斯凯威叔叔帮帮忙。"

"星期六见。"吉布森笑道。

来到外面，斯凯威四处找卡莉，但她不在附近。他沿着农场小路走向公路，穿过柏油路，上山走向他的木屋。爬上第一座山丘，他看见雨云从俄亥俄飘过来了；扭头望向被他抛下的那些小小人影，他看见本尼站在卡莉身旁。他琢磨本尼会不会又在那儿抠指甲。

他又斟了一杯波本威士忌，特鲁迪不在时的寂静越来越明显，他思考他为什么要在乎这个。他打开灯，惊动了一只半死不活、浑身长毛的冬季飞虫。他看着它一次又一次撞击纱门，企图去某个地方再找一只飞虫，繁衍后代，然后死去。

"我又不是要和乔·弗雷泽[1]打……"他看着她做

---

[1] 乔·弗雷泽（Joe Frazier，1944—2011），美国职业拳击手，曾获1964年夏季奥运会重量级拳击金牌，也是第一个击败拳王阿里的拳击手。

饭，他不记得她什么时候对做饭这么上心过，"你是要吃完那些豆子，还是盘子全都用完了？"

她笑得呛住了，转过身，看见他的坏笑，于是捧腹大笑。

"我发誓，你迟早要气死我……"她坐下，从鼻子里出气。

"气死你我又没好处。"

"你去打拳也没好处。"

"200美元可不算是没好处。"他本打算只字不提，把钱寄给邦德。有那么一瞬间，他看见她的眼睛瞪大了，随即又消沉下去，他知道她在担心医药费。他回去继续看那只飞虫。

外面的雨下大了，打在地上溅起泥点。他在窗户玻璃上看见外面灰蒙蒙的天色衬托着他的鬼魂，觉得肚子里一阵难受。他轻轻抚摸眼睛上方的伤疤，看着他在玻璃上的倒影做出同一个动作。

他起身，打开纱门，放黑色飞虫嗡嗡飞进大雨。等他看清雨点在泥地里打出的小孔有多深，他估计那只飞虫恐怕撑不了多久。

"冬天的飞虫不吃东西吗？"他问特鲁迪。

"应该也吃吧。"她在灶台前说。

"从没看见过。"他说，去水槽前洗手。

墙上贴着一张他年轻时的照片，他戴着八盎司的拳击手套，看上去很凶悍。那才叫好体型呢，他摸着照片，心想。照片上沾着油渍，他没去理会。

特鲁迪放下晚饭，他们吃了起来。

"你觉得 200 美元够办婚礼吗？"她问。

"也许吧，"他说，"咱们能想出办法的。"

他们吃饭。

"我说没说过那次我和邦德砸烂了向日葵酒馆。"

"说过。"

"哦。"

斯凯威在不锈钢汤锅上看见了他扭曲的倒影——足够映出他的五官，但看不清他眼睛上方的伤疤。他的嘴巴和鼻子里塞满了用来缓冲的碎布，用嘴呼吸让他喉咙发干。

"太紧了？"科利问，他在用绷带缠斯凯威的指关节。斯凯威摇摇头，张开手指，戴上灰色骡皮的工作手套。他做个鬼脸，表示厌恶，然后叹了口气。

"好了，你是个了不起的拳手，"科利说，"你的拳击手套呢？"

斯凯威在嘴上做个拉拉链的手势，伸出右手让科利给他戴手套。他知道被戴着这种手套的拳头打中会很疼，但他也知道吉布森会更疼。

科利的皮卡周围聚集了一群人，他让埃伦留在那儿看着车。她靠在后保险杠上，和一个脖子上挂着相机的长发小子聊天。卡莉走出人群，搂住长发小子，说了句什么，逗得埃伦大笑。斯凯威按了按手套，让它紧紧包裹指关节。

斯凯威和科利走出来，人群开始号叫，有的给他鼓劲，有的咒骂他；长发小子拍了一张斯凯威的照片，斯凯威想宰了他。他们绕过餐车，滑下河岸，来到刚除过草的河谷里。雾蒙蒙的天上，太阳只是一个浅褐色的光点。

吉姆·吉布森站在那儿，上半身赤裸，肚子挂在腰带外面，皮肤白得异乎寻常，斯凯威怀疑他是不是从没打过赤膊。他朝斯凯威咧嘴笑笑，斯凯威用右拳砸左掌，也对他笑笑。

这算不上什么真正的拳赛：赛福斯摇响牛铃，吉布森挥出一个又一个重拳，所有人咒骂斯凯威的步法。

"别跑了，胆小鬼。"观众中有人喊道。

他心里算着时间，三分钟已经到了，但没人叫赛福斯摇铃。六分钟过后，他知道铃不会响了。吉布森打中他的头部。然后又是一下。欢呼。

斯凯威想打他低垂的腹部，两个重拳击中目标，但效果让他失望。他继续绕场，躲避重拳，知道吉布森抡空拳的次数毕竟有限，迟早会力竭。等他看到时机来临，他瞄准吉布森淤青的太阳穴，一个左勾拳打上去，撂倒了对手。铃声这才响起。

斯凯威觉得眼睛刺痛，知道自己在流血，但这又不是真正的拳赛。太疯狂了——吉布森想杀了自己。必须拖慢他的速度，斯凯威心想。必须在他杀了我之前阻止他。

赛福斯摇铃。真是难以置信，这会儿摇铃，他心想。这他妈还打什么？我什么都看不见。胸部。打得他难以呼吸。他看见吉布森胸部柔软的下陷处，于是逼近目标。

斯凯威朝吉布森的胸部打出一个右直拳，但就在这时，他觉得他下颌骨的薄弱处被震裂了，嘴里尝到了血腥味。吉布森没有倒下，斯凯威继续转圈，等待剧痛消退。他再次扑上去，对准吉布森的太阳穴打出组合拳。他想挖出吉布森的眼珠踩碎，想感觉眼珠在他脚底下渐渐鼓起来，直到——啪！

他倒在地上，特鲁迪的尖叫盖过了所有欢呼声。他在向日葵酒馆冰冷的地板上躺了一会儿：点唱机在播放歌曲，他听见邦德在咳嗽。

他翻身侧躺。

赛福斯往斯凯威脸上浇水，他把被自己咬掉的舌尖啐在地上。斯凯威爬起来蹲在地上，吉布森等着。斯凯威的头脑清醒了，他知道自己能站直。

受人尊敬的死者

望着小伦迪重新入睡，我真希望自己没有说筑丘人[1]的故事给她听；我本想吓唬她不让她哭，但没想到她能在黑暗中看见他们盯着她看。她哭是因为一辆车轧死了一只猫——她的猫，一年前被轧死的，但可怜的伦迪直到今天才明白发生了什么。伦迪变得太像她的妈妈了。埃伦一向无忧无虑，让她想通一件事情总是需要太长的时间，因此埃伦没有任何睡眠问题。我父母大概就是有点过于敏锐了，但伦迪是她妈妈的女儿，不像我父母那样容易一惊一乍的。

我爷爷总是把敏锐归咎于他的肖尼人血统，他母亲只是半个肖尼人，但他对血统特别看重。他甚至发过誓说再也不要流血，但我不记得誓词了。他是个敏锐到极点的森林居民，我们全都尝试过偷袭他。最后是糖厂的雷成功了，但那时候他已经是个老人，头脑已不太清楚。雷蹑手蹑脚地从背后摸上去，伸出一只手放在他肩

---

[1]　筑丘人（Mound Builders）是北美洲多个原住民族群的统称。他们会建造土丘用来举行宗教仪式、葬礼或者居住，主要分布于五大湖地区、俄亥俄河谷和密西西比河流域。

上，老先生甚至都没回头；他只是摇摇头，说："这是雷的手。他是有史以来第一个成功偷袭我的人。"要是他没有变成那样，雷也不可能成功，因为老先生后来再也没有好起来，他死前我们都没法让他好好地穿上衣服。

我关掉灯，没有在伦迪的房间里看见眼睛，然后我想到了她为什么会那么害怕。昨天我给她说了些剥头皮和杀人的故事，把筑丘人和肖尼劫掠者混为一谈，伦迪把故事和后面牧场里的坟丘联系在了一起。明天我会让她回归正常的。关于筑丘人，只有一点是我能拿得准的，那就是他们肯定信奉某个神，相信有来世，否则他们绝对不会修建那么庞大的陵墓。

我穿上夹克衫，走进雾气弥漫的夜晚，朝着镇子出发。离破晓还有一个小时，公路的两条车道都空荡荡的，于是我走在穿过山谷通往石营镇的黄线上。我一次又一次想到那年夏天，我和我的好哥们儿埃迪挖开那个坟丘，寻找箭头和锈成绿色的铜珠。我们想寻宝，挖出来的却是一个个骷髅头，这时爷爷突然不知从哪儿冒出来，高喊"*Wah-pah-nah-te-he*"。他胡乱挥舞着手臂，我看见埃迪险些把屎拉在裤子里。我知道那只是老先生在扮演印第安人，因此我按兵不动，但埃迪一屁股坐在地上，像是做好了投降的准备。

爷爷继续道："*Wah-pah-nah-te-he*。你们这些邪魔。在这儿制造毒药。现在给我把该死的骨头放回去，否则我就要抽烂你们的小屁股了。"他看着我们埋骨头，然后在土里画了个男人，正弯弓搭箭瞄准粗陋的太阳。"现在给我回家。"他穿过牧场而去。

埃迪说："你红鹰。我黑鹰。"我知道他这是把闹着玩儿当真了。但当时我没法告诉埃迪，要是让爷爷去参加 64 美元问答游戏，他肯定会在这几个印第安词语上露馅儿：*Wah-pah-nah-te-he*，意为我屁股上的肥肉。

于是我向前走，努力学习埃伦，数着路边的"擅闯者后果自负"的牌子。东边的胜过了西边的：26 比 17。我亲爱的埃伦在家里睡得正香，根本不知道是谁赢了。有时候我会琢磨，埃迪最后一次休假时，埃伦有没有见过他。雾里能看见萤火虫，我一只一只数着，直到我发现我数重了。说真的，伦迪会管它们叫筑丘人的眼睛，认为它们是信号，就算它们本身没有传递信息，她也会自己编出信息，把自己吓到。

我拐下公路，走上前街的 U 字形弯道，经过几家商店黑洞洞的橱窗，看着窗户倒映我的行动，我像涟漪似的穿过一块又一块玻璃。我坐在老银行的台阶上，等待太阳爬上山岭，就像我曾等待公共汽车带我去做征兵体检一样等待，唯一的区别是我现在没有手握一条肥皂。那年我坐在这儿，手握一条肥皂，心想要是我把它塞到腋窝里，血压就能升高到合格的范围内。我的血压本来就高，但这条肥皂能让我轻松过关。我左右扫视前街，想象我好多年没想到过的人和地方；我琢磨埃迪是不是也这么干的。

我伸出手，就好像还握着那条肥皂，看见多年前白色的肥皂被路灯照得发蓝。我想起埃迪的手平放在绿色台呢上，弯曲的指节架起球杆，瞄准一个很难打的黑球；也可能我想起来的是他在数学考试时弯曲手指握笔的样子，因为答案就藏在掌心里。我想起他的手抓着一枚箭头，拧开一颗四方螺帽，但我想不起他的脸了。

那是很多年前了，阵亡将士纪念日，我父亲和另外几个男人穿上了艾克夹克[1]，而我在乐队里。我们在雨中列队穿过小镇，走向公墓；然后我看着男人们随着每一个命令做出整齐而僵硬的动作，一枪与一枪的间隔时间准确到了极点；枪声回荡四次，伴着他们拉动枪栓的声音。雨里能闻到硝烟的刺鼻气味和我们的羊毛制服泡过水的气味。片刻寂静，乐队指挥轻轻咳嗽。我上前演

---

[1]　即艾森豪威尔夹克，一种军服，因艾森豪威尔将军常穿而得名。

奏，但有点不合拍，山对面的另一个孩子应和我的演奏。我先结束，收回我的军号。最后一个音符刺穿雾气而去，转回来扑向我，我敢发誓我听见了埃迪在用断臂残桩敲打棺材盖，命令我们停下。

我低头看我的手，我手里抓着军号，抓着那条肥皂。我看着我的手，我的手空着，只是变得苍老，我告诉自己，这只手里没抓肥皂。我用另一只手清点五根手指，告诉自己它们待在那儿好好的，还要待他妈很长一段时间。我掏出一根烟点上。公路上，第一辆汽车在黑暗中呼啸而过，司机知道警察还没出门。我想到埃迪把油门踩到底，带着我在公路上驶向铁皮大桥。

那是个大晴天，我们看见前方远处有许多警灯在闪烁。我们按捺不住好奇心，等不及去看究竟发生了什么。

我说："哥们儿，你听见了吗？我觉得是扔了颗炸弹。"

"听见？我感觉到了。该死的地都在震。"

"他们永远也忘不了这么大的响动。"

"绝对的。"

车辆停在路中间，人群已经聚集起来。埃迪在一辆巡逻车背后停下，然后下车挤过人群，他高举钱包，亮出他的义务消防员徽章。我留在后面，但在警察隔开的空当之外，我看见火已经灭了，贝克·富勒的雪佛兰只剩下进气格栅，后面的车身变成了碎片。我从 1951 年款的进气格栅认出那是贝克的车，我知道究竟发生了什么。贝克用炸药和导火索炸鱼，他特别喜欢这么干。贝克永远也记不住，他得把导火索和 TNT 炸药分开放。

这时一名巡警喊道："好了，给拖车让个道。"

埃迪和另外几名消防员把被炸烂的贝克装进几个运尸袋，我扭头不看，免得呕吐，但毛发燃烧的气味依然飘向我。我知道那是旧车座填料，不是贝克的毛发，但我还是靠着巡逻车吐了个昏天黑地。我想止住呕吐，为这种事呕吐实在太傻了。我在自己的呛咳声中听见消防队长骂埃迪，让他只捡最大的几块，剩下的碎肉就别管了。

埃迪没有抓着肥皂坐在那儿。他这人没什么脑子，但他用勇气弥补了智力的不足，所以绝对不会抓着肥皂坐在那儿。埃迪永远也不会想到要轰掉脚趾或者割掉扣扳机的手指。那不是他的作风。埃迪是打牌时一上来就会赌钱的那种人，要是拿到一把坏牌，给他一百年他也不会弃牌，而是会坚持到底。他做事就是这个风格。

打台球的时候，埃迪开球，我用壳粉抹杆头。球哗啦啦一阵碰撞，但没有一个落袋，我绕着球桌走，寻找最合适的角度。"你参军简直是发疯。"我说。

"管他妈的，我会焊接。他们会送我去学焊接，我会在诺福克待到退伍。"

"运气好，船会砸在你头上的。"

"来吧，老鹰，和我做个伴吧。"

"我和埃伦都计划好了。我要在彩票上碰碰运气。"我出杆，三个球落袋。

"算你厉害。"埃迪说。

我又打进去四个球，把黑球打进一个边袋，然后直起腰，对他露出微笑。黑球进了我叫的那个袋，但我本来觉得我没打好的。我没看埃迪，只是微笑。

我把烟头扔进排水沟，水面在蓝色的路灯下倒映出橙色的火光。我心想，那个光点对伦迪来说又是一只眼睛，过上一段时间，她会在黑夜中见到无数只眼睛，太多了也就无所谓了。眼睛会消失，再也不会重新出现，就算等她长大了我说给她听，她也不会记得。到时候会让她害怕的是真正的眼睛。她是埃伦的女儿，有时候我想问埃伦，埃迪最后一次休假时，她有没有见过他。

很多年前的一个傍晚，我和父亲站在谷仓凉爽的阴影下抽烟；他弯下腰，捡起一把砾石，用大拇指一颗一颗弹出去。他在想我说的加拿大如何如何，每一颗石子落下时都是他脑海里的咔嗒一声；他直起腰，拍掉手上的灰土。"我没怎么想过这事，"他说，"我和霍华德在散兵坑里的信仰非常坚定，从没想过逃跑。"

"但是，爸爸，我看见埃迪躺在那个塑料袋里的时候……"

他吼道："你为什么要去看？既然你受不了，就不该去看。你以为我没见过吗？我不仅见过，还见过更可怕的呢。"

我用巴掌搓脸，胳膊紧贴后脖颈，心想我该在家里和埃伦一起睡觉才对。我心想，要是我在和埃伦一起睡觉，就不会在乎谁赢谁输了。我不会在这儿数牌子，不会想知道那些牌子是什么意思，我看上去也不会像是一条狗在找动物尸体拖回去吃。

埃迪在新兵训练营里的时候，我和埃伦半夜光着身子坐在阁楼上，忍受着虱子和干草带来的瘙痒。她在一箱旧书和文件里乱翻，找出一捆用草绳扎起来的信件。她走回我身边，手电筒光束扫过我的眼睛，光束在我眼睛里留下了五颜六色的残像，我看着她在其中走来，我知道她将成为我的妻子。她把那一捆信扔在我的膝头，我看见我父亲打仗时写信回家用的胜利信封。埃伦躺下，把脑袋搁在我的大腿上，我拿起手电筒看信。

"亲爱的家里人。我们在——地名被划掉了。"

"为什么？"她翻身趴在地上，抬头看我。

我耸耸肩。"我猜他不知道他不能说地名吧。他们对这些人真的很差。我在路上捡到一个快饿死的俄国兵，带他去德国人的屋子里吃东西。"我感觉到埃伦的舌头落在我大腿内侧，我打了个哆嗦，但集中精神继续读信："他们不肯给他吃的，直到我端起枪，霍华德和我一起大吼大叫，然后我看着俄国佬吃了一顿他妈的好饭。"我关掉手电筒，在埃伦身旁躺下。我父亲从没对我说过这个故事。

然而现在不像以往那么简单了，假如不理解或者不试着去理解我们的吻会结成一张什么样的网，我就无法进入埃伦的生活。在口袋里揣着一条肥皂离开家很容易，但最困难的部分是坐在这儿，看着肥皂，回忆往事。

课间休息，我和其他孩子一起穿过走廊，而埃迪站在楼梯最顶上。他朝我咧嘴笑，但他的脸不再是他的脸了。他的脸变了；这张脸涨得通红，因为其他孩子嘲笑他的制服。他以稍息姿势站在那儿，水兵帽别在腰带上，头部略微后仰，俯视底下的我，然后他抬起双手，比画一个杰基·格利森 [1] "走你的"打台球姿势。我们顺着走廊往回走，让我去放下课本。

"你休假？"我问。

"堆毒药。意思是我要出海了。"

"多久？"我拨动储物柜的密码锁。

"十天，"他说，然后皱眉眯眼，盯着柜门上倒贴的国旗，"你个浑蛋。"

我望着他，直到他下楼梯走出我的视线，然后我取出课本，回去上课。

我掌根的皮肤深处星星点点地嵌着一些黑点，那是煤渣，来自一次接力赛跑时的失足。皮肤把它们封在了里面，想取出来需要花不少钱。有时候埃伦想用针扮演护士，把它们挑出来，但我不许她这么做。有时候我想问埃伦，埃迪最后一次休假时，她有没有见过他。

教练说我不能上场，因为一个人连祖国都不支持就不配进运动队，于是我坐在廊桥底下，等着到点回家。每辆车经过时，都会把一点灰尘从桥板之间撒下来，落进我的头发。

---

[1] 杰基·格利森（Jackie Gleason, 1916—1987），美国演员、作曲家、作家。

我看着狭窄的小河流淌，水流很慢，但水很浑，就像我在电视新闻里见到的那些河流。教练在历史课上说，邦联军队攻占过这座桥，但谢尔曼将军[1]麾下的几名战士在伙伴山挡住了他们。南军大兵喝了这条河的水。那几名战士在伙伴山上有泉水。南军大兵染上伤寒，北方佬压向南方。于是我起身，拍掉身上的灰土。埃迪走后我留起长发，每晚都洗头。

我把拳头像肥皂似的塞到腋下，看着手背的血管因为血压升高而隆起。我看见了伤疤，是在把圆盘耙或犁拴上拖拉机时蹭掉皮留下的；它们和我父亲的伤疤一模一样。

我们在田里走，查看新长的甘蔗有没有得枯萎病或生虫，临近傍晚的阳光照得我父亲光滑的头发闪闪发亮。他咬着烟斗杆，然后抬起一条腿架在另一条腿的膝盖上，用鞋底磕掉吸过的烟草。

我鼓起勇气："爸爸，你说我能不能去上大学？"

"种田有什么不好？"

"呃，先生，没什么，只要你希望永远种田。"

---

[1] 指威廉·特库姆塞·谢尔曼（William Tecumseh Sherman，1820—1891），美国内战时期联邦军著名将领。

他穿过甘蔗地走向我，我抬起左手，像埃迪教我的那样防卫，右手垂下去，紧贴身体。

"好，"他说，"非常好。你什么时候要入伍？"

我放下防备："等我毕业——要是我不想当兵，这是唯一的机会。"

他填满烟斗，转来转去像是在找东西，他忽然停下，面对群山站着。"都怪你那该死的名字。你出生的时候我老爸说：'叫他威廉·海伍德吧，要是他下矿井，我希望他自己呛死。'"

我觉得爷爷这话太糟糕了，但我望着父亲，希望他能放我走。

他向前走："每个人都想靠读书发家。唉，要是每个人都走这条路，那你就该转过身，朝另一个方向走，明白吗？"他用双手朝两个方向比画。"我不在乎别人拉屎能不能拉出金块，这块该死的地总得有人来种。总得有人种地。"

于是我说："是，先生。"

天空深蓝，雾气化成紧贴地面的冰冷烟云。第一缕晨光中，我的手透着蓝色，但并不觉得冷；这么待着我迟早会着凉，但此刻我的手还是热的。

我爷爷说起过许多次最后那场罢工，随后他就离开矿井，搬去山谷求个清静了。说到这件事，他会暂时停止扮演印第安人，仿佛往事重新上演，就在他的眼前；很快，我开始认为鲍德温家的牛头犬在追的人是我。我在森林里飞奔，直到肺脏流血。我能在幽暗的森林里听见鲍德温兄弟和他们的狗，我记得机关枪打烂木桩的情形，我能想到的只是统一工会被冲进了下水道。然后我在嘴里尝到腥味，尝到血从我肺里涌上来，感觉到我倒下之处树根的皮，我在那里睡着了。等我醒来，我觉得肚子里不舒服，觉得有东西在看我。没有嫩枝折断的声音，只有某种东西离我太近的感觉。我知道是人，一个人，在追猎我，我掏出左轮手枪。我能听见他在呼吸，我瞄准那个声音，知道只有枪口的火光能给我照亮。我知道我这辈子就为了杀死这个人而活，这个该死的鲍德温，但我没法扣扳机。我听见他顺着山脊走远，追捕他丢失的猎物。

我抱紧双臂，就像公共汽车停下的那个早晨。我在想我爷爷，我胳膊底下有块肥皂。征兵体检，我的血压高得看不见顶，他们观察了我四天。血压一直没下来，第四天，一封信转给了我。我在回家的车上读了信。

埃迪说，他和一帮海军陆战队员待在"世界的裤裆"里，他在现场修理无线电设备。他说海军陆战队讨厌他，因为他是个普通水兵。他说食物烂透了，营房没法住，他的左胸口被染成了黄色，因为他晚上把香烟放在衬衫里。他说他知道乌利亚的心情了，大卫王派他上战场，好和他老婆偷情。[1]埃迪说他想和埃伦偷情，哈哈。他说只要我能把他从那儿弄出去，他就会去结婚，然后让我睡他老婆。他说啤酒虽然装在施利茨[2]的瓶子里，但他敢确定其实根本不是施利茨。埃迪确定他的指挥官是基佬。他说他想扒光埃伦的衣服，但继续在那个鬼地方待下去，等他回来他就想扒光我的衣服了。他问我还记不记得他教我用烟头烫水蛭。埃迪发誓他是从一部电影里学来的，电影主角丧命就是因为他抽光了香烟。他说他有很多香烟。他说他绝对不会碰东方女人，因为她们不长阴毛；他敢和我打赌他知道埃伦的毛是什么颜色。他说她的头发确实是棕色不假，但阴毛是红色的。他说你好好想一想，替他问候埃伦一声，等他回来。有时候我真想问埃伦，埃迪最后一次休假时，她有没有见过他。

　　我回到家，埃伦在拖车门口迎接我，她拥抱我，开

---

[1] 据《圣经》记载，乌利亚是以色列国王大卫手下的战士、拔示巴的丈夫。大卫王诱奸了美貌的拔示巴，并设计将乌利亚杀害。

[2] 施利茨（Schlitz）是美国著名啤酒品牌。

始哭。她怀着伦迪，已经很明显了；我说我收到了埃迪的信，埃迪叫我替他问候你。她哭个不停，我知道埃迪回不来了。

阳光把山脊照成绿色，改变雾气的颜色，给石营镇的砖砌街道染上一丝红色。路灯熄灭，前街 U 字形路口尽头的交通灯亮了；任何人它都不阻拦，不警告，不催促。

我起身，关节因为久坐而噼啪作响，但初升的太阳晒热了我的面皮。我走上老银行的台阶，我在用肥皂水擦过的窗户上画了个鬼魂。我告诉自己，那是埃迪的鬼魂，我用袖子擦掉；这时我看见公共汽车拐下公路，撕破寂静的清晨，我沿着街道往回走，这样他就没法拦住我了。我不能离开，也没法让埃迪离开，于是我回家了。我沿着街道往回走，公共汽车从我身旁经过，我和自己赌了一百万，我的伦迪应该已经起床了，正在看动画片，我敢打赌，我知道谁会是赢家。

必定如此

阿莱娜走到"美味冰点"的天棚下，看着大雨落进尘土，打出一个个坑洞，溅起小小的一团团轻烟。雨停后，汽车在公路上嗖嗖开过，拖着水雾组成的涡旋。她站在拉上百叶窗的橱窗前，隔着玻璃看空荡荡的冰柜和点缀着干巴的死苍蝇的窗台。停车场尽头有个电话亭，她在瓶盖和砾石中兜了一圈又一圈，知道她没法给家里打电话。

她在饮水瓷盆旁的台阶沿上坐下，看着哈维的脑袋靠在车窗上，枪套的系带松垮垮地套在肩膀上。她觉得胃里一阵翻腾，试着揉了揉眼睛，小心翼翼地不敢抹开睫毛膏。她不想这样，但她知道哈维永远不会改变。她苦笑一声；她从西弗吉尼亚来看牛仔，但这地方全都是农场，筑着围栏。开阔让她既感到自由又觉得害怕。

哈维伸个懒腰，摇下车窗。他下巴上有口水留下的白色印子。"想开车吗？"他说。

她走向轿车。"昨晚我一直在担心。老妈今天要做罐头。"

"免了吧，"他说，"你有权出来散散心。"他拉紧枪套，穿好上衣。

"你就那么喜欢用那东西？"

"他那是自找的。"

"如果被假释官逮住，你也是自找的。"

"行了，这会儿还太早。"他说，伸手去拿香烟。

阿莱娜开着车，看见雾开始散去，但留下的不是露水，而是一层灰蒙蒙的地膜，前方远处则永远是更多的雾。他们绕过俄克拉荷马市，雾变得更浓，热气贴在他们的皮肤上。她在一家汉堡小店前停车，哈维下车，她看地图。地图旁有一张牛仔名人堂的照片，召唤她拐过去看一看。哈维拎着一袋三明治和咖啡回来。

"哈维，咱们去那儿吧。"她说，给他看那张照片。

他看了看，抓住她大腿紧贴私处的地方，亲吻她："过了这阵儿，咱们有的是时间。"

他们吃着东西，哈维从衬衫口袋里掏出一张纸，然后对照地图。他盯着仪表盘看了很久，陷入沉思。阿莱娜看着他皱紧眉头，但她没法求他放弃。她希望哈维别蠢到会杀死他的地步。

哈维接过方向盘，他们沿着一条二级小路驶向一个农场。阿莱娜望着田地掠过，在新一天的热浪中变得越来越平缓、长直。雾气一直遮蔽着地平线，她真希望能看见一个牛仔。

楼梯间空荡荡静悄悄的，然而当阿莱娜望向哈维，她的心又揪了起来。他走路不太稳当，威士忌使得他眼神凶狠。爬上两段楼梯，他们打开房间的门。房间非常小，装饰得很老气，面向街道，沙尘暴把路灯染成了黄色。哈维脱掉上衣，打开挎包，取出威士忌。他在颤抖，枪在宽松的枪套里晃动。

"我的天，哈维。"她说，坐在床上。

"你就不能闭嘴吗？"

她依然能看见那一幕：男人伸出胳膊来握手，哈维朝着他胸口连开三枪。"我害怕。"她说，她无法忘记坐在门廊上串珠子的老妇人。阿莱娜琢磨她会不会还坐在那儿，嘴巴大张，儿子死在前院里。

"喝一杯吧。"哈维说。他的颤抖已经停止。

"我想吐。"

"那就吐吧，该死的。"他使劲揉搓脖子。

她站在水槽前，盯着下水口，但没有东西反上来。"咱们该怎么办？"

"待在这儿。"他说，喝完那瓶威士忌，起来去找另一瓶。

"对不起，我害怕了。"她说，打开水龙头洗脸。

"去躺下。"哈维站在窗口说。

阿莱娜坐在水槽旁的椅子里，她望着哈维。半瓶酒喝下去了，他靠在窗框上。他不是她在山里认识的那个男人了。在她眼里，他那时更瘦也更凶悍，现在她知道他确实能杀人，他总是带在身上的枪确实能打响。她不再是他的一部分了；感情结束得这么容易，她琢磨他们到底有没有爱过。

"咱们去墨西哥结婚。"他说。

"我不行，我太害怕了。"

哈维转向她，路灯的黄光照得他的脸和胸膛发亮。

"我在里面的每分每秒，"他说，"都在等待两件事：杀他和娶你。"

"我做不到，哈维。我不确定。"

"不确定什么？我爱不爱你？"

"不，另一件。我以为你只是说说的。"

"我不是只说不干的那种人。"他说，喝了一口酒。

"天哪，我真希望你是。"

"你想怎么着？回山里去？"

"对，我不想再这么过下去了。我讨厌这样。"

他掏出枪，瞄准她。她坐在那儿看着他，他瞪大的眼睛里全是惶恐，她从椅子上俯身，吐出一口发黄的胆汁。等她止住咳嗽，擦干净下巴，哈维瘫坐在角落里，枪软绵绵地挂在手上。

"该死的臭婊子，"他喃喃道，"现在我需要你，而你是个该死的臭婊子。"他举枪瞄准太阳穴，但阿莱娜看见他在微笑。他吐出一口气，把枪插回枪套里。

"我要去喝个烂醉，"他说着起身，"你随便吧。我是不会回去的。"走廊里，她听见他边走边捶墙。

阿莱娜洗了把脸，然后打开灯。她的眼睛红通通的，眼圈明显，她的嘴唇开裂了。她化妆出门。

她走过街道，沙尘风把报纸卷到她的脚踝上，她走进一家挂着"招工"牌子的餐馆。阿莱娜要了杯啤酒，柜台后的姑娘一脸厌烦。

"你们招工吗？"

"这会儿不，上午招。上午过来找皮特。他也许能给你安排。"

"谢谢。"她说，小口喝着啤酒。

店堂后面有公用电话，阿莱娜拿着啤酒过去。她拨了电话，铃响两声。

"妈妈，是我。"

"阿莱娜。"她的声音在颤抖。

"我在得克萨斯，妈妈。我和哈维一起来的。"

"和人渣搞在一起。我们把你宠坏了，都是我们不对。"

"我只是不想让你们担心。"

一阵漫长的沉默。"阿莱娜，回来吧。"

"不行，妈妈。我找到工作了。是不是很好？"

"碗柜最上面一层塌了，弄得一塌糊涂。我一直担心这是个坏兆头。"

"不，妈妈，都挺好的，听见了吗？我有工作了。"

"我们做的果酱罐头全碎了。"

"没关系，妈妈，剩下的还很多呢。"

"应该吧。"

"我得走了，妈妈。爱你。"

电话咔嗒一声挂断。

夜晚渐渐平静下来，大部分沙尘打着旋儿沉降在路边。阿莱娜走向旅馆，感觉好一些了。哈维不见了，但她不在乎。她有工作了，在得克萨斯。

穿过旅馆大堂的时候，前台向她微笑，她觉得很好。然而爬到她那层的楼梯平台，哈维正在等着。他脚边全是烟头，看上去衣冠不整，精神萎靡。

"我是回来道歉的。"他说，站在那儿拦住她。她倒进他怀里。

"一切照旧，"她说，"我要留在这儿。"

"就这样？"

她点点头。"我找到工作了，所以我给家里打了电话。一切都很好。"

"咱们回屋里谈谈？"

"好啊。"她说。

"那就谈谈吧。"他的手擦过左轮手枪，去拿另一支烟。

我的救赎

切斯特比任何一只阴沟老鼠都精明，因为他在倒霉前溜走了。但切斯特有两个难题：第一，他变成了成功人士；第二，他回来了。这不像酗酒、吸毒、滥交，是一般性的美国难题。西弗吉尼亚的石营镇不是一般美国难题的产地，也不是一个一般的山地小镇。

　　假如你从没听说过石营镇，那就说明你没打碎过镜子，没从梯子底下走过，也不庆祝圣帕特里克节；然而，假如你听说过，那就说明你的车掉过一个轮子，坐的飞机坏过一侧机翼，或者用左手画过十字。你想去石营镇，后面这三个办法最有可能让你成功，然而行得通的逃生之路就只有切斯特一个人知道了，但他不在这儿，没法提点你。

　　正是阿奇·摩尔（州长阿奇·摩尔，不是那位拳手）统治的时期，得克萨斯这朵黄玫瑰甘美的奶头被吸干了，迫使数以百万计的美国人把最高限速降到55迈。我听说佐治亚人没法在雪里开车，亚利桑那人开车时碰到下雨就会抓瞎，但任何一个纯血的西弗吉尼亚小子上了直道，就不可能开得慢于120迈，因为这片土地的公路图就像一桶得了舞蹈病的蠕虫，这么好的路可谓千载难逢。正是在这个时期，切斯特发现人们会走 64 号公路心急火燎地穿过西弗吉尼亚，前往俄亥俄和艾奥瓦之类更有意思的地方；切斯特生平第一次在他装着庞蒂亚克引擎的雪佛兰上找到了四挡的用途。别问我传动装置是怎么配的，因为安装的那天我不在；也别问我切斯特去了哪儿，因为我整整四年没再见过他，他回来后也只字不提。

我能确定的只有一点，那就是切斯特发了大财，回来是为了炫耀；他回家后两小时，我对他的厌恶就超过了他不在的那几年里我对他的厌恶的总和。没了切斯特，我要修的车多了一倍，需要我加油的车少了一半，周末没人搞公路赛车或争强斗狠，但我的烟可以都给我自己抽，这一点就足以弥补一切，因为整个加油站只有切斯特会问你要烟抽。他的离去实现了我多年的梦想。

早在 1961 年，我还在上学的时候，石营镇从一头到另一头的所有人都扔下收音机投向了电视，尽管我到今天还认为那是肯尼迪为了争取选票的伎俩，但所有人都发誓说那是在前"伟大社会"[1] 时期工作的好处。于

---

[1] "伟大社会"（Great Society）指二十世纪六十年代由美国总统林登·约翰逊和民主党同盟提出的一系列国内政策，主要目标是消除贫困、促进族群平等、降低犯罪率、改善环境。

是这台古老的哈利克拉夫特斯收音机来到我的书桌和床铺旁看顾我，在我一连几个小时做生物学作业的时候陪伴我，感觉就好像偷袭珍珠港的新闻随时都有可能在扬声器里再次响起。

但真正响起的是芝加哥的 WLS 电台，而且只在黄昏和黎明之间响起。芝加哥成了我的梦想，梦想它比青春期自渎更像是我的习惯，它取代了打手枪，最终做到了生理课老师说手淫会带来的恶果：害得我发疯，像个该死的傻瓜。

芝加哥，芝加哥，那令人沉醉的城市……

别叫我唱完这首歌，因为我已经忘掉了，也别问我梦想最后怎么样了，因为我隐约怀疑切斯特回来后彻底毁了它。然而这个梦比我关于登特夫人的梦更加美好，登特夫人是我的数学老师和性爱女神，梦中她在给我上辅导课的时候把我强奸得欲仙欲死；关于芝加哥的梦也更有意思，因为我相信它有可能成真。我问登特先生——他是体育老师——他那话儿的尺寸配不配得上她热辣的肉体，他抓着我的脑袋去撞储物柜，我被迫发誓再也不把手伸进我的内裤了。另外，登特夫人和芝加哥简直无法相提并论，芝加哥能用来强奸我的花样，登特夫人过一百万年也赶不上。

戴克斯·卡德是当时 WLS 电台的夜间主持人，他有个蝙蝠侠爱好者俱乐部，就连我这种人也能参加。芝加哥的年轻人都有车，穿 h.i.s. 牛仔裤 [1]——由友善的 h.i.s. 制作者亲手在他的小烤炉里烘制，褶皱永远也洗不掉。他们全都嚼箭牌口香糖，全都去箭牌大厦，而那座建筑物，出于某种原因，哪怕到了今天，也还是像一大盒竖起来的黄箭口香糖。芝加哥的年轻人离底特律很近，他们可以开车过去，看见格拉迪丝·奈特或至尊组合 [2] 走在该死的大街上。芝加哥的年轻人有三种不同的温度：假如说奥黑尔机场是冷，那么卢普区是更冷，地铁上就永远是零下了。我花了十年才听懂这个笑话。我们这儿的天气要晚两天——星期一芝加哥下雨，星期三我穿雨衣，假装下的是芝加哥的雨。

做梦之后，来的是习惯。我决定离家出走去芝加哥，但想不出来我能靠什么过日子，而且我在那座城市里连一个活人都不认识。不过 WLS 电台的人听上去挺靠谱，你能从他们的"拯救儿童"广告里听到真正的热忱。你知道那些家伙是会帮穷孩子一把的那种人。习惯和梦想正是在这儿混成了一团。

---

[1] 牛仔服装品牌，因创始人亨利·I. 西格尔（Henry I. Siegel）姓名简称而得名。

[2] 格拉迪丝·奈特（Gladys Knight, 1944— ），美国歌手、演员，被誉为"灵魂乐女皇"。至尊组合（The Supremes），二十世纪六十年代在美国风靡一时的女子演唱组合。

我也许可以扒火车——我只知道这么一个逃离小镇的法子，来自我父亲在大萧条时期的故事——我甚至有可能在一节倒霉的平板货车上碰到浪人王子，看他用烟头在车厢地板上描绘古老的梦想。然后我和浪人王子去岩岛铁路，跳上来自肯塔基的运煤列车，一站不停地开进芝加哥货场。浪人王子会讲故事：整列火车如何在浩瀚大地上被吞噬，连同车上的流浪汉一起消失得无影无踪。但我会在列车开进货场前跳下去，绕过散发刺鼻气味的终点站，然后我就到了卢普区。

我会找到 WLS 电台演播室，问他们要一份工作申请表，前台接待员——比登特夫人更性感，而且还是个单身女郎——会问我能干什么。我因为扒火车而浑身肮脏，穿的也不是 h.i.s. 牛仔服，所以我只能回答说我愿意打扫卫生。啊哈，他们雇了我，因为芝加哥没人愿意打扫卫生；我跪下去刮掉地上的箭牌口香糖，他们认为我是全世界最好的小工。我说我擅长拖地，但戴克斯·卡德说你太聪明了，不该拖地，来，拿着这 10 美元，去买两件 h.i.s. 的衣服，然后明天来上班。他说他要我当白班主持人，他会教我怎么使用控制台，怎么制作回声、播放热门金曲、增强声音效果，还有什么时候切到新闻、天气与运动节目。真他妈带劲。

于是每天夜里我坐在书桌前，学习生物的时间越来越少，一遍又一遍做我的白日梦，直到一天晚上，我看着我体面但依然只是伍尔沃斯[1]货的长裤，意识到货运列车经过石营镇时已经不再减速。现在只有长途车了；一共三次，每次我收集了足够多的汽水瓶，换到的钱能买一张去列车减速之处的汽车票了的时候，台球就会在我耳畔开球，我的钢镚纷纷掉进时间和概率的投币口。

"你不会看角度。"切斯特对我说，那天他不到一分钟就清台了。

我在念十年级，对他的建议不屑一顾。我只知道我所有的钢镚都没了，公路旁也没有更多的汽水瓶可以捡了，芝加哥依然在上千英里之外。我倚着球杆；我被洗劫一空了，我心里很清楚。

"你懂车吗？"我摇头。"会操作油泵吗？"还是摇头。"那你可以洗车。"我嗤之以鼻：谁他妈不会呢。

从那天起，我开始去 E.B. 沙利文老爹的美国石油加油站打工，一小时 75 美分，其中三分之一给切斯特当介绍费。我对自己说没关系，我又不是想干一辈子，等我攒够钱我就去芝加哥——我可以一路都坐长途汽车，也可以自己开车。去他妈的，我要攒钱买车，风风光光地开着去芝加哥。

---

[1]　美国的一家廉价日用品连锁店。

我告诉切斯特我想买车，他同意不再要我的钱，甚至带我去拆车场看废车。我对切斯特说我不要废车，我要一辆真正的车。

"真正的车就是这么凑出来的，"他说，"你自己想怎么造就怎么造——底特律特地把车做得方便拆卸。"

我们看了一辆庞蒂亚克，它只开过三万八千英里，有台327引擎[1]。有人从背后撞上了它，把后备厢推进了后排座椅。一撮头发留在了车窗周围的铬合金配饰上。切斯特钻到车底下，差不多五分钟没有露面。更吸引我注意的是一辆雪佛兰英帕拉，它重新上过漆，有个可自行安装的顶篷，你按个按钮就会自动收到后面。切斯特从庞蒂亚克底下爬出来，表情像是发现了一条蛇，他笑嘻嘻地走向我。

"车是彻底毁得没法修了，但引擎完好无损。"

我对切斯特说我喜欢那辆英帕拉，但他只是撮了撮牙齿，就好像他知道会自动放下的顶篷有什么问题。他绕着车转来转去，弯腰看车底，用手指磨轮胎面，而从头到尾我一直盯着用肥皂水写在挡风玻璃上的"325美元"。没错，庞蒂亚克更便宜，但谁会掏130美元就为了在胳膊底下夹着台引擎走来走去呢？我反正不想，我

---

[1]　通用汽车生产的一款V8引擎。327指汽缸排气量为327立方英寸。

想开车上路，想让顶篷升起又放下。

"我跟你说，"他说，"我有个很好的雪佛兰车身，配得上庞蒂亚克的引擎。你买引擎，我把车身租给你。"

我不可能上钩，我摇摇头。

"那咱们搭伙好了。你帮我一把，我也帮你一把，周末咱们凑到一块儿。你明白的，双重约会。"

这就比较合情合理了，那个月剩下的日子里，芝加哥美梦嗡嗡飞走，躲进我脑海里的某个角落。我开始做噩梦，在梦里研究要怎么延长适配器，适应不该被塞进雪佛兰的一台引擎。我担心我们把动力传得离汽缸本体太远，我都能看见我们第一次把车开到80迈时铸钢就崩裂四散了。我去看改装赛车，逢人就问怎么才能把庞蒂亚克的引擎装进雪佛兰车身，绝人多数人只是放声大笑，只有一个坐在椅子里的嘴贱的家伙往后一躺，说道："小子，玩蛋去吧。"

但那个月一天天过去，出于某些我永远也无法理解的原因，庞蒂亚克的引擎真的装进去了，但拆掉了整个防火隔板和所有的挡泥板。切斯特着手解决传动难题的时候，流感刚好击倒了我，三天三夜里我既没梦到芝加哥，也没梦见我的车，因为我病得什么心思都没了。回去上学的那天，我看见它停在停车场里，车尾顶了起来；我走过去看变速器，发现切斯特把一个四挡变速拉杆装在了上面。我以为那是开玩笑，因为我从没见过它挂上四挡。挂到三挡它勉强能开到 50 迈，对于公路上的一辆正常车来说已经足够了。

那年夏天我们干得很起劲。切斯特和我把我们在加油站挣到的每一分钱和我们每一秒钟的空闲时间都花在了后街小巷里。我们找到一座桥，它的坡度恰到好处，我们以 45 迈的速度开上去，每次都能让车飞起来，破玩意儿抖得像把烂椅子，直到我们找到新的减震器装上去。沙利文老爹自己并不知道，他供应了一整个夏天的减震器。我们在一条单车道的小路上找到一段弯道，那儿太适合我们和送百事可乐的卡车来个狭路相逢了。老爹还供应了我们几次红色油漆，用来掩饰我们和百事卡车有过亲密接触的事实。百事公司大概看懂了我们的意思，命令司机改变路线。切斯特对我说："他们派了个孩子做男人的活儿。"

但最大的乐趣来自卡贝尔县的一名治安官，他去传唤一个山区酒贩子出庭，因为后者不肯与州政府分享他贩运烈酒的收益。治安官撞见我们以最高速度冲下山并急转弯，他还能怎么做？要么给我们让道，要么大家一起上西天。治安官是个有脑子的男人，他认为一个人在荒郊野外开得这么猛必定心里有鬼，于是用无线电通知前方，称私酒就藏在我们车上。警察在山脚下拦住我们，但我们清醒得像两块石头，车上连一滴烈酒都找不到。然而他们在车上找到了治安官的两个女儿——她们外出都得到了母亲的允许。切斯特因为驾车躲避执法人员被拘留三天，治安官不准我和切斯特再打电话给那两个姑娘。别问我她们的母亲得到了什么惩罚，因为我不确定治安官是不是打老婆的那种人。

切斯特在县拘留所看了三天的星期天报纸，但放出来的第一个星期天就把他领上了邪路。第二天上班的时候，他不肯说他想和谁出去玩，我们该去哪儿搞钱加下一箱油，不过到周末，他终于松口了。"全都凭运气。"他说，我以为他想解释一下他的刑期。我花了四年才想明白。第二个星期天过后，他回来时眼神鬼祟，就好像他在等待什么东西从天而降，砸在他的后背上。"好生活就在外面，但重要的是霉运落下来时，你不能待在错误的地方。"我完全同意他的看法。好生活就在芝加哥，但新学期即将开始，我依然待在石营镇。

第二天上午，切斯特以最奇特的方式踏上了潜逃之路。那天午餐时轮到他开车巡游全镇，和他的女人亲热，而我要去高中门前的台阶上勾搭妹子。我和他都被逮住过和我们的姑娘在一起时行为不端，石营镇的端庄姑娘被橄榄球队的男朋友搞大了肚子，都会声称是切斯特或我强奸了她。当时切斯特最要好的马子来自小东京谷，在那儿三人行是习俗而乱伦是规矩，每个年轻人看着长得都像亚洲佬。那天我身边没女人。切斯特在他喜欢走的路线上兜大圈，从我坐的位置，我能看清吊眼姑娘的一举一动。

头三圈挺正常，我都能说出来她的手朝切斯特的裤裆移动了多少距离，但到了第四圈，她分开切斯特的双腿，开始榨汁。我知道切斯特肯定使了什么坏招，否则不可能这么快就能上手；我以为他差不多就不玩了，因为我看见他调转车头，向西往学校开去。他依然在不紧不慢地兜风，就好像他知道只要他不打开储物柜，铃声就不会响起。然后车开过了学校，我看见吊眼姑娘俯身下去，脑袋像发疯似的上下起伏，切斯特笑嘻嘻地一下一下踩油门。他在镇子边界处停车，让姑娘下去，我这才明白切斯特根本没想要回去上课，但我回去了，百分之百确定他明天会回来的。

那天下午，指导教师叫我去办公室，问我这辈子打算怎么过。切斯特的吊眼姑娘大概一五一十全说了，他们认为我还有挽救的余地。我对指导教师说，我想去芝加哥的广播电台工作——是当笑话说的。

"嗯，那你必须去念大学才行，知道吗？"

这对我来说真是闻所未闻，因为戴克斯·卡德说话可不像什么教师或博士，于是我说不知道。

那天晚上，切斯特没来上班，我问沙利文老爹能不能资助我念大学。我保证我会待在加油站工作，直到我拿到新闻学学位，然后把差额补给他。

"差额我要多少有多少。"老爹只撂下这一句。他一直望着窗外，等切斯特来修他那一份的车。切斯特到最后也没来，于是我待到第二天上午，看着说明书搞明白了该怎么完成两个人的修车份额，我觉得切斯特从一开始大概就是这么干活的。

一周后，老爹另外雇了个年轻人管油泵，把我的薪水升到法定最低工资，在阿奇治下的黄金年代，那是每天 1 美元 50 美分。然后我收到了从克利夫兰打来的电报，里面说："对不起老弟，我开上四挡就再也慢不下来了。以后补偿你，切。"——我心想，切斯特你何必浪费 4 美分在"老弟"[1] 上呢？

我不开收音机，成绩稍微好了一点，但我不认为我学到了多少有用的知识。每次指导教师在走廊里遇见我，都会对我露出一脸狗吃了屎的笑容。然后怪事开始发生——比方说我老爸每晚都能头脑清醒地上床，星期天去两次教堂，早饭喝橙汁，不再连珠炮似的叱骂我。橄榄球运动员的父母为他们及其女朋友举办派对，

---

[1] 此处原文为"Pard"，计四个字母。

我也收到了邀请，不过我没去。然后一个老师跟我说，如果我的世界历史得了B，到圣诞节前我就能加入优等生联合会了，但我毫不客气地对老师说，优等生联合会哪儿凉快哪儿歇着去，老师说你的嘴巴太坏了。我同意。反正我得了那个B。我又开始和治安官的小女儿约会，他表现得好像我是个四分卫。

然后真正的霉运落下来了。圣诞节前雪下得像掉砖块似的，于是我翘课去帮老爹清理油泵周围的车道，他打电话跟校长说明了情况。我正在给人行道撒盐，老爹叫我进办公室，然后填上烟斗，在办公桌后坐下。

"我跟你说过偷东西会怎么着对吧？"他说，但我纠正他，说我没拿他的任何东西。"我没说你拿了，我只想知道你记不记得。"我说"一日做贼，终生做贼"他都说了一百万遍了。"你觉得是这个道理吗？"我问他有没有偷过东西。"就一次，但我放回去了。"我说一日做贼，终生做贼哦，但他只是哈哈大笑。"你需要有人资助你上大学。我需要这个镇子上多一个天主教徒。"我向老爹保证说我爸突然迷途知返了，但我不可能、没能力也没资格走上他的道路，再说他信的是循道宗。"你想一想。"我说会想一想的，然后进去给一辆车加润滑油。然而我能想到的只有一点：戴克斯·卡德听上去不像个天主教徒的名字。

209

那天晚上我走路回家，这雪不像是芝加哥的雪，倒像是我还小的时候，收音机搬进我房间前下的那种雪，像我玩够了雪橇回家时的那种雪；那时候我老妈还活着，还会给我灌咖啡以抵御寒冷，我有一点想她。

我回到家里，希望我老爸手里拿着啤酒，这样我就能把生活扳回正轨了，但他坐在厨房里看报纸，清醒得脑子都不正常了。

我给我们做饭，吃饭时他问我，老爹有没有和我说过上大学的事。我说只要我皈依罗马天主教，他就愿意资助我。"条件还不错。你会答应吗?"我告诉他我正在考虑。"有你的信。"他递给我一个信封，邮票上盖着艾奥瓦州得梅因的邮戳。信封里有 75 美元，还有一张纸，上面写着："减去折旧。后会有期，切。"我把钱放进钱包，把信揉成一团。"你能用这笔钱买几件好衣服了。"他说。我告诉我老爸，要是我想每天开车去大学，那么我更需要的就是一辆车，但他只是哈哈一笑，隔着桌子用指节搓我头顶。他说我这个小流氓是个好孩子。就连学校食堂的女人们也送我一张贺卡，说我注定会成为一名文字工作者 [1]；打开贺卡，里面是个邮差的卡通

---

[1] 此处原文为 "a man of letters"，意为作家、学者，但 "letter" 有字母和信件两种常见含义，故有后文作邮差解的文字游戏。

像。我想了一会儿才明白这个笑话。

　　就是在这段时间，油价开始上涨。我买了辆没底盘的 1958 年款大众车，就这么开着它上路，直到雨季开始。后来我买了个底盘，价钱比车还贵。治安官的女儿两个月没来月经，认为都是我的错，也许确实是，因此她和我一起上教理问答课，去亨廷顿的社区大学念书。我们住进老爹加油站楼上的三居室公寓。治安官的女儿流产了，治安官立刻取消婚约，老爹命令我搬回我老爸家。我老爸又开始喝酒。我退了学，但留在沙利文老爹的修车店，用工作还债，就是在这时候，我发现时间过得实在太快了。这么多年来，我再也没开过那台旧收音机，现在开了我大概也承受不住。我觉得给老爹打工也没什么不好，很快我老爸就必须进护理院了，为此我需要攒钱。

　　我开着大众车回家，唱着"芝加哥，芝加哥，那令人沉醉的城市……"然后我意识到我忘记了后面的歌词。

　　这时我看见一辆车开下公路，只是一团钢蓝色的影子，黄色的雾灯在暮色中经过我，而司机长了张切斯特的脸。我调转车头，开回镇子，我把排挡挂到最高，想多榨出一点速度来，但他已经开得太远，我追不上了。我在镇上转了一个小时，看见他再次从公路呼啸而来，这次我看见了车里的金发女人。他们在前街停车，去餐厅吃东西，我开到那辆新科迈罗旁停下。我见过他车上的女人，她在电视上的牙膏广告里舔自己的牙齿。

我问切斯特过得怎么样，但他记不得他认识我了："你哪位？"我看见他的烂牙全做了牙冠，我告诉他我是谁。"哎，对哦。"他说。我问他那辆好车是从哪儿来的，他的女人好奇地看着我，忍不住笑了。"租来的。"他的女人哈哈大笑，但我没听懂这个笑话。我对切斯特说，他出镇的时候应该去和老爹打个招呼。"对，对，好的，我会的。"我请他们去和我还有我老爸吃顿饭，但切斯特溜了。"下次再说吧。很高兴再次见到你。"他摔上车门，领着他的女人走进餐厅。

我坐在大众车里，盯着牛仔裤上的油污，心想我应该走进去，把一大堆"下次再说"塞进切斯特吃屎的喉咙。别问我为什么没去——那可是我这辈子最想做的事情。也别问我的美梦后来怎么样了——它再也没有对我哼唱过歌谣。

切斯特离开我们镇的时候，他留下了种子。不是会长出庄稼来的那种种子，而是瘟疫、病毒、传染病。切斯特在餐厅播下了他的种子，因为治安官认出了他，问他过得怎么样。切斯特说他在百老汇，送了些他出演的剧目的戏票给大家，然后一帮人结伴去了纽约。他们回来时都哼着那部戏里的歌曲。他的种子扩散到了整个石营镇，害得高中里的每个孩子都认为自己也能成为切斯特。最早去的孩子里有几个自杀了，但真正难的是看着回来的那些孩子，尤其是看着老爹告诉他们，加油站不雇娘娘腔的时候。

不过有一点让我很高兴，那就是切斯特到最后还是被纽约嚼烂吐掉了，因为他以为他拉屎不臭——至少乡亲们都是这么说的。我不知道在纽约具体发生了什么，但我很清楚切斯特在这儿干了什么。他专门毁灭其他人的魔力，只允许他本人的那种魔力存在下去；一个人只要相信阿奇的黄金时代，或者以为甘美的奶头永远不会干涸，就有可能中招；切斯特回来后，他自己也开始相信这些东西，因此他同样成了牺牲品。

生意清淡的日子，我站在加油站里，有时候会开始构思根本没在切斯特身上发生过的事情，编造出可怜的戏剧让他主演，尽管我不知道他去了哪儿。每到这种时候，我往往会忘记时间以及我在哪儿，有时候老爹会忍不住朝我嚷嚷，命令我给车加油，因为我连铃响都听不见。每次发生这种事，我就用左手在胸前画十字，吹着《芝加哥》大合唱的旋律走出去。

没油了吗？这就来。

在枯树间

他看见那座桥越来越近，在其中看见了痛苦，他大声说他的名字："奥蒂。"别人就是这么叫他的，他重复一遍："奥蒂。"经过桥墩的时候，他抬头望去，在侧面后视镜里见到他的脸：憔悴，肮脏；听见巴斯的声音从遥远的过去传来：我给你看点东西。他的呼吸悠长而疲惫——巴斯开着雪佛兰撞上那座桥，翻滚着停下，奥蒂从里面爬出来——他似乎想吐出那以后的许多年时光。不过这都是别人告诉他的，他只记得自己躺在柏油路上那坚硬而滚烫的感觉。有些时候，奥蒂知道真相。偶尔，他的神经彼此碰撞，直到他看见一个拳头，这个拳头攥住什么东西，同时又在转动；随后热水流进他的嗓子眼，他难以呼吸。接下来是漫长的等待——不是白昼或夜晚，而是两者相互交融，到最后只剩下了时间和等待。然后他不再有记忆，许多年只剩下一辆半挂式卡车的驰骋——许多年火花塞的轰鸣，在路上隆隆行驶，等待有朝一日能逃出去。为了这个有朝一日，他回来了。

这片山野谷地不是他的家：它属于希拉，属于她的父母，属于她的表哥巴斯特。奥蒂是从山谷外面来的，来自普朗蒂敦的福利院；杰洛克一家收养了他，福利金用完就赶他出门了。他看着他们的山谷很干旱，不太理解——两侧的山丘很容易汇集雨水。他沿着公路乱逛，看着枯萎的土地，玉米长到三英尺就抽穗，地势较高之处更惨，叶子绿里泛黄。对于山区来说，八月里树木就奄奄一息变成锈黄色也未免太早，路肩同样不该这么早就在马利筋和蓟花之间露出一块块发白的泥土。万事俱备，只欠一把火了。

他开着牵引车慢慢驶过农舍附近一条比较宽的护坡道，点火器的警铃响了，直到引擎咳嗽几声熄火。他拎起包，沿着竖梯爬下去。天上挂着白热的烈日，热浪烧穿了他的T恤；柏油路上，一条被压扁的绿蛇已经变成淡蓝色。

前院的阴凉处停满了车，屋后传来叫喊声和咯咯笑声。他知道他们在开派对，杰洛克家经常这么闹腾，但某种陌生感拦住了他。有什么地方不一样。前院旁的田地里，罪孽的庄稼正在生长——半英亩烟草，足有一个人那么高，已经可以收割了。看来乔治·杰洛克已经改变心意，投向能卖大钱的这种浅黄色草叶。奥蒂咧嘴笑笑，取出一支波迈，让温暖的烟气给自己定神，用牙齿咬碎一小片散烟叶。背后响起马蹄铁碰撞的咣当一

218

声。他从那些 8000 美元一辆的轿车之间穿过去，踏上长着青苔的砂岩台阶，来到门口。

屋里散发着岁月和炸鸡的气味，想到他在卡车休息站享用过的无数馅饼和咖啡，他忍不住笑了。厨房里，希拉和她母亲在灶台前忙活，但她们突然停下了。两个人看着他，他站在门口一动不动。

年长的女人说："天哪，是你。"她面颊凹陷，眼神黯淡，蹒跚着走向他："你去哪儿了，去哪儿了？"

他握住她伸向自己的瘦弱的手，越过她的肩膀对希拉说："密尔沃基。去厂里拉一罐车的糖蜜。刚好路过——没想打扰你们聚会的。"

"哎，待一阵吧。"希拉说。她过来亲吻他的面颊。"你的信我全收到了，一封都没扔。"

他盯着她。她太瘦了，面颊晒得脱皮，有几块棕色的死皮还黏在脸上；腹部和胸部之下，一道道汗水濡湿了罩衫。他哈哈一笑："你应该回个一两封的。"

年长的女人挤到他们之间："奥托，巴斯特现在很惨。他坐轮椅，挂着两个口袋，接他的屎尿。"

希拉走向炉灶："妈妈，别让奥蒂听这些。他刚回来。让他歇一歇吧。"

奥蒂想到桥墩，疲态浮现在脸上："都怪钢板。钢板扎进脑子里，就永远好不起来了。"

杰洛克老妈的眼圈红了："别说了。你还用你以前的房间——去洗洗吧——你可以和我们一起吃饭。"

希拉抬头对他微笑，一个难以捉摸的笑容。

来到楼上，他洗漱刮脸。梳理头发的时候，他注意到他的头发变得多么稀疏，牙齿缺失之处的下巴向内凹陷。他望着下巴的边缘，虬结的紫色肉团泛着油光——车祸给他留下的伤疤——他知道杰洛克一家会怎么想，但那有什么关系呢？他永远不得安宁；寄养的孩子永远不得安宁，破坏罢工的卡车司机永远不得安宁。

他坐在床沿上，门半开着，厨房里的谈话声顺着楼梯飘上来，他们在谈那场倒霉的车祸。奥蒂认出了老杰洛克的声音，回想起老先生如何尖声叫喊巴斯的名字，电锯锯开变形车壳的声音埋葬了他嘶哑的叫声。

他努力回想把他们所有人变成这样的起因，支离破碎的生活片段掉进他的脑海，以及它们落下时，没有将它们弥合在一起的日日夜夜。他打开窗户，回到他的矮桌前。那些东西还在原处：晾干的昆虫，希拉从两里溪的河滩上捡来的贝壳，箭头，石膏天使像。他搜集的所有东西。

他拿起天使像，欣赏它的宁静与哀伤。多年前，他在医院里渐渐苏醒，它在鲜花之间窥视着他，老妇人在他床边祈祷，而他抓挠绷带下的痒处。他听见孩童在喊叫。小时候，他抱着一只比格幼犬，往一棵空心树里看：树洞里柔软的肥土上有一只老鼠的完整骨骼，他伸手去抓，捞到的却是一把乱糟糟的骨头和湿木屑。他把天使像放在桌上，望向窗外的院子，他没看见有这么一棵树。我给你看点东西。

杰洛克一家在热烘烘的院子里摆开桌子，他们的笑声刺痛了他。他们是地道的平原人，早就在城市里扎根了：他们徒有其名，缺少过往。他去过他们的城市，曾经开着半挂式卡车穿过他们安静的街道，见过他们精致的房屋。但他永远只会从电话黄页去他要去的街道，从不登门拜访。时髦的外表等于时髦的内里，他不用看就知道。他知道他们为什么回来——为了炫耀他们的时髦。

阳光在地上拖出长长的光条；他穿过它们，想到他位于普朗蒂敦的房间窗户上固定的铁丝网，那儿离这个山谷可真远，不知道等待收养的其他孩子后来都怎么样了。他从壁橱里拿出一件旧的白衬衫，生锈的衣架和岁月把它的肩部染成了茶褐色。他穿上衬衫，勉强扣上胸口的纽扣。多年前他穿着这件衬衫去教堂，他一个人坐着，看着巴斯和希拉打扮得那么时髦。现在他知道自己过得更好，身体更强壮，穿上这件衬衫感觉不错。

壁橱架子上有一盒旧照片，都是杰洛克家的先祖，他们生活在一个遥远的时代，名字早已被遗忘。多年前，雨雪不停的冬天把他关在家里，他铺开那些照片，为照片里的人编造生活，将他们认作他自己的亲戚、他的过往。他觉得他们的每一张脸、每一个人都是自己的一部分，他在他们的时代探寻他能想象的一切。但现在他们似乎仅仅是照片了，他拿着盒子下楼，走上门廊。

微风吹在后门廊上，他让风从衬衫纽扣之间钻进去，自己坐在秋千上，听着硬土小径对面今年最早落下的水枫树叶飒飒作响。他翻看那些旧照片，有些印在硬纸板上，有些在锡板上。照片里是杰洛克家的年轻人棕色和灰色的面容；他曾经略微认识的那些男人，老人，全都死了。女人穿着长裙；女人的容貌差强人意，但衰老来得太快。他琢磨他们的世界是什么颜色：麻袋般的印花裙，深色的羊毛正装；白昼的天空更蓝，夜晚更黑。如今白昼和夜晚模糊了界限，旧衣服成了谷仓里的抹布，被拖拉机的机油染成棕色。他把盒子放在地上，望着杰洛克家族的几家人。

他们走在田地里，看一代代人把农场打理得多么漂亮。奥蒂知道一切都在应有的位置上：山坡上的牧场，果园里圈出的一块墓地，种挣钱作物的河谷。他看得出坏年份的痕迹：谷仓的滑门歪了，他曾拉直的篱笆变形了，杂草遮蔽了木桩。

黄蜂聚集在门廊的屋檐下。临近傍晚的阳光热烘烘的，它们悬停，俯冲，重新升起；它们拍打翅膀，冷却蜂巢周围的空气。群山另一侧，电话线隐没之处，他看见森林卷土重来，牛蒡、斑鸠菊和檫树在侵占土地。他想起被他遗忘的一天。

那是他和希拉共度的一个春日，他们抓了一条金绿色的鲈鱼，看着它荡来荡去，身上闪闪发亮。

希拉说："我觉得最好看的是腹部。"

奥蒂搂住她，笑道："那么多颜色，你却挑了白色？"

希拉咯咯笑，两人紧紧拥抱，大口喘着气，靠着一棵悬铃木斑驳的树皮。然后鱼身体一弹，挣脱钓钩，落回幽深的水里。他们坐在树根上休息，听着彼此的呼吸。他双手的手指交织在她胸部之下，奥蒂能感觉到她的血液在奔流。

一只黄蜂原地打转，撞在压条天花板上，奥蒂看着棕色的翅膀在亮黄色的条带之上拍打，他知道他可以拎起行李，午夜前就能赶到哥伦布市。他又点了一支烟，思考是不是他和希拉共度的那一天改变了他们。

老妇人的声音顺着走廊传到门廊上，她在轻声哀叹:"你要巴斯来这儿就是想他丢脸。"

"没那回事,"老人叫道,"他是我们家的一员。杀人的魔鬼能来,那他也能来。"

听见希拉安慰他们,他吐出一口烟,用手指揉搓伤疤四周的胡楂儿。

老杰洛克出来了,希拉和她的黄狗跟着他;奥蒂起身和他握手,再次见到了老人僵硬的脸。他看见被艰苦岁月改变形状的眼睛,还有努力建设家园的一代代人刻下的皱纹和褶子。

老杰洛克说:"奥托。"

"很高兴见到你,先生。"他觉得自己笨拙而愚钝,弯腰爱抚希拉的狗。

"这条狗空有个花架子,"老杰洛克说,"屁也不是的杂种玩意儿。"

奥蒂听见希拉大笑,但笑声比他记忆中更低沉。以前她的笑声很爽朗,老妇人不让他们待在门廊上,说:"别这样,亲爱的。那是活物,也知道疼的。"但希拉举起纸火炬去烤另一个蜂窝,小心翼翼地不让火焰和死黄蜂落在手上。她站在栏杆上保持平衡,抱着立柱,他看见刚开始发育的胸部拱起衬衫。然后他望向巴斯,知道巴斯也看见了。他停止爱抚希拉的狗,直起腰。

老人拍着他的肩膀说:"奥托,这儿永远有你的位置，但等巴斯特来了，你得让他觉得自己不是外人。"

"好的，先生。"奥蒂想起了巴斯的面容：愤怒超越了恐惧——这个念头几乎让他想了起来。"我没想到他会来。"

"很快就到。你不记得当时发生了什么吗？"

"不记得，先生。只记得我和希拉在钓鱼，巴斯来了，说要我和他一起兜兜风，听听什么声音。"

"过了这么多年，还是没想起来？"

希拉用一条胳膊搂住老人："爸爸，时间只会让记忆越埋越深。奥蒂永远也不会想起来了。"

老杰洛克拖着脚走开，不耐烦地说："我只是觉得……"

老妇人出来，手里拿着抹布，奥蒂看着她用深呼吸克制啜泣："奥托，巴斯来你别往心里去。叫他来纯粹出于恶意。真正的坏心眼。"

老人恶狠狠地瞪她，然后看着希拉和奥蒂，血涌上头，让他的脸变得灰里发蓝："希拉，带他去看看我的新狗吧——但别太宠着它了，那是猎犬，不能宠坏。"

希拉和奥蒂走下台阶，沿着土路走向谷仓。奥蒂在烈日下眯起眼睛。焦干山丘的缓坡上，绿色如手指般蜿蜒伸向依然藏着河水的溪谷。扭过头去，他发现老人已经回到屋里，老妇人独自站在外面，双手捂着眼睛。

"真是好一场大戏，"希拉说，"他们本来不打算带巴斯来的。然后老爸听说你来了，立刻打电话给他们，说：'无论多麻烦都要带上巴斯。'"

"没关系。只是让我觉得很累。"

她抓住他的手。"你为什么一直不回来？"

"从来没回过这个方向。反正我早晚要走。我不明白你为什么一直留在这儿。"

"除了这儿，我没地方可去。奥蒂，你变了。你以前暴躁得像匹马，但现在你很安静。阴沉又安静，就像以前的巴斯。"

他皱起眉头。"你呢？"

"这儿什么事都不会发生。你跑来跑去肯定遇到了很多事。就不觉得烦吗？"

他哈哈一笑，笑声短促而低沉："你们都同情我过的生活，对吧？但我挺好的——这儿就没什么能改变你们中的任何一个。"

"没什么能让我们过得更不好，假如你想说的是这个。"

她从他脸上转开视线，她因为漫长岁月而褪色的鬈发遮住了她的脸。十六岁时她没什么值得一看的，他一直在梦想她会变得更好看。现在他看见的她是个小镇上的老姑娘，他理解她的苦闷。

"这是我跑的最后一趟车了，"他说，等她把视线转向他，"我要找个普通工作，和普通人做伴了。我上了黑名单，所以我没法在工会里开车，但我知道芝加哥有个地方，他们修理车辆……"

"你不会一直待在一个地方的，奥蒂。你不知道待在一个地方意味着什么，也不会一直停留在同一个地方。"

他曾经半心半意地希望——只是他心中的一个念想——他想把买车票的钱寄给希拉，然后按正常时间上下班。现在他收起了这个念头，眼睁睁地看着它飞快地化作灰烬。

他望向兽栏。老杰洛克的狗是一条虎头虎脑的猎犬，奥蒂知道爱抚对它来说毫无意义。它茫然地望着他，用尾巴拍打狗舍阴凉处的灰尘。绿头苍蝇绕着它嗡嗡飞舞，但它不像比格犬那样朝苍蝇吠叫。我搞到了好东西，有东西要给你看。

他和巴斯还是孩子的时候，一整天都在沿着篱笆清理灌木丛。临近傍晚，烟囱雨燕遮蔽了天空，他们发现了一只白尾鹿散落的骨头，泛黄的肋骨上还附着已经风干的肉。发白的鹿角从颅骨上戳出来。

奥蒂弯腰去捡鹿头，但巴斯抢先抓了起来："看哪，我敢打赌是印第安人杀的。"

奥蒂拉住一根鹿角，直到巴斯松手，他把鹿头扔进茂密的绿色森林："妈的，这玩意儿遍地都是。"他继续砍灌木，只直起腰张望了一次，因为比格犬惊起了一只兔子，开始撵着兔子跑。他看见巴斯在自己背后很远，望着彼此纠缠的矮树丛。森林里已是黑夜。

巴斯哭兮兮地说："我想搞一套和你一样的收藏。"

"比格犬又抓住了一只兔子。"奥蒂说。他继续干活儿，听见巴斯拼命挥动镰刀，追赶他的进度。

巴斯说："我不喜欢比格犬。"

一只丽蝇绕着奥蒂的眼睛嗡嗡飞，他挥手赶开它，看着希拉的狗在闻用铁网隔开的狗舍。狗企图跳进去，但希拉抓住它的项圈。

奥蒂说："一公一母。"

"这只不行。已经阉掉了。"

"嗯，但它们还是知道该干什么。"他望着阳光在山脊上点燃棕色的火焰，回想起一个抓了一把老鼠骨头的男孩、一棵空心树、一只比格幼犬。

后院传来敲三角铁的声音，奥蒂和希拉绕过谷仓往回走；他抬起头，却看见他们推着巴斯的轮椅来到一棵梓树的树荫下。希拉担忧地匆忙瞥了奥蒂一眼，奥蒂慢慢地走向巴斯，想看清隐没时间中的每一个日子，但只看见了巴斯现在的模样。巴斯蜷缩着歪向一侧，摆在大腿上的双手是两把枯瘦的骨头，耷拉着脑袋。他肤色惨白，身体瘫软，面容如石膏像般平静。奥蒂闻到臭味，意识到它来自挂在轮椅上的口袋。

"奥蒂来了。"巴斯的母亲说。她俯身凑近轮椅："你认识奥蒂的。"

巴斯抬头看她，一张脸拧成一团。他在轮椅里左右晃动。"香烟。"尽管在树荫下，皮肤下蓝色的静脉还是很显眼。一根塑料管从他裤裆里通出来，他抬了抬塑料管，黄色的液体流进集尿袋。

"唉，亲爱的，你抽得太多了，"她看着奥蒂，"他乔治舅舅想让他戒烟，但他只能从抽烟中得到一点乐趣了。"

奥蒂耸耸肩。

"奥蒂来了。"

奥蒂蹲下，伸出手："你好，巴斯。"

巴斯握住他的手，然后朝母亲吼道："香烟。"他龇出了牙齿。

奥蒂给了他一根波迈，点上。一缕烟雾飘进巴斯的眼睛，他眨了一次眼，眨得很慢。烟草渣黏在他灰白色的嘴唇上，他无力地吐掉。老妇人用手擦拭儿子的下巴。奥蒂的视线从烟草移向巴斯的脸，但他没有看见日复一日的等待，只见到了一个少年冷静的笑容。奥蒂挠了挠伤疤，他的手散发出巴斯的气味——那是爽身粉和褥疮药膏的气味。

"巴斯特，是奥蒂啊。"她重复道。

"奥托。"门廊上，老人把《圣经》抱在胸口，用一根手指当书签。

奥蒂直起腰。"有事吗，先生？"

"去那头的工具棚里，把犁搬过来。"

走向工具棚的路上，陌生感爬上他的心头：他记得他曾走在这条路上——许多个夜晚，许多年前——巴斯大喊："奥蒂，我给你看点东西。"巴斯咧嘴坏笑，把比格犬的项圈向后拉，小狗用后腿站起来跳舞。然后巴斯抓着镰刀使劲一捅，比格犬咳嗽着踉跄走向墙角。罗圈小腿首先软了下去，随后小狗侧身躺倒，停止了呼吸，血液充满它的肋部，鼓胀起来。奥蒂没看见流血，比格犬的胸口只有一道粉红色的外翻伤口。后来他抱着小狗走向黑黢黢的山丘。

他在炎热的工具棚里整理情绪，找到了犁。它的把手和挽绳都烂掉了，犁头像是来自某个虚幻时间的东西，他用手指抚摸锈迹斑斑的温热金属。杰洛克一家总是说，第一个破开他们山谷土地的东西就是这把犁，奥蒂琢磨这意味着什么，以及这会不会是他们编出来的故事。

锯末落进他的眼睛，他后退两步，望向天花板；一只熊蜂在钻房梁。老杰洛克用车轴润滑油抹平了以前的钻孔，留下斑斑点点的痕迹。但熊蜂依然在打洞。奥蒂回想起希拉的笑声，她烧黄蜂时高亢而快乐的笑声。他记得她拿着蜂巢，脸上洋溢着鲜亮的笑容，她用手指捏报纸一般的蜂窝里的黄蜂幼虫。

他拿着犁头走向门廊，把它搁在栏杆上，拍掉他这件好衬衫上的一道道锈迹，棕色的粉尘却渗进了衣服纤维。他走到院子边缘，远离门廊。希拉过来站在他身旁，他感觉到她的视线落在他的侧脸上，感觉到她的手指捏住他的前臂内侧。

门廊上，老人拿着《圣经》宣讲，他的声音犹如轻风，仿佛耳语；他关于上帝的言辞拥有另一个时代被遗忘的色彩。他们几家人聚在一起，奥蒂望着他们，他们的衣服都那么合身，他知道他们当中只有老人笃信《圣经》。他在宣讲者的声音里听见了虚伪的力量，看见外乡人在假装相信。老傻瓜，他心想，新傻瓜已经来了，想要取代你的位置。

老杰洛克对着群山嘶喊："这些事既行在有汁水的树上，那枯干的树，将来怎么样呢？"[1]

---

[1] 此句引自《圣经·路加福音》（23：31）。

人们垂首，为了祈祷，为了尚未成真的愿望，为了献给上主的希望。所有人都扭头去看巴斯。

"祝福我们的犁。"他们说。

他们排队领餐，奥蒂看见他们为巴斯支起了折叠桌，一张特别的桌子单独放着，他知道巴斯没有权利——没人拥有任何权利。他们全都应该单独吃东西，在这儿，没人拥有过去，没人拥有生活。

另一张桌子上摆着早已被遗忘的食物：炖斑豆、炸土豆、泡菜。他饿了，紧跟着希拉，装满餐盘，和她坐在能看见巴斯的地方。老杰洛克走到他们的桌子前坐下，把瘦骨嶙峋的胳膊摆在餐盘旁，自顾自地祈祷。希拉用胳膊肘捅了捅奥蒂，朝着父亲摆摆头，咧开嘴巴微笑。奥蒂耸耸肩，吃东西，看着巴斯的母亲撕开鸡肉，用勺子喂给儿子吃。

老人抬起头，搅拌他的食物："你过的生活，是体面的生活吗？"

奥蒂像老妇人教过他的那样放下叉子："反正让我忙得够呛。"

"大概能帮你忘记一切吧。"

"是的，先生。我已经不记得你怎么没日没夜地虐待我了。"

希拉抓住奥蒂的手："别说了，你们两个。"

老人微笑，嘴唇变得苍白："那天为什么会撞车？奥托，到底发生了什么？"

一道黑暗的电流穿过他的身体；恶心和疼痛从颈部顺着后背往下蹿。巴斯坐在老人的背后——巴斯的眼睛里透着怨恨和悲哀。奥蒂知道了："我们已经说过这个了。"

希拉捏住他的手："真该死，别提这些了。"

老人抬手要扇她耳光，她侧过脸去。

奥蒂吼道："打我好了。"

老杰洛克放下手："不，你已经体验过痛苦了——就像她一样。"他吃东西，不抬头看。

巴斯用无助的眼神直勾勾地盯着奥蒂，但嘴唇因为愤怒而向后拉紧。他在轮椅里坐直，挥手挡开一勺鸡肉。他呻吟道："奥蒂。"

希拉抓住奥蒂的胳膊："算了，已经够了。"

奥蒂甩开她的手，走到梓树日益稀疏的树荫下，弯腰面对巴斯。他凑近巴斯的脸，闻到巴斯皮肤上的烟油气味。

巴斯哭了，摇着头说："奥蒂。"

他耳语，想从牙缝里挤出声音："巴斯。"

"奥蒂。"

望着巴斯被疤痕侵占的指节，他看见了在公路上疾驰的那几分钟，隐没在遥远过去的那几分钟。他看见巴斯在搏斗中绷紧了脸，看见讥笑的表情，随后那只手扭转方向盘，车身蹭着桥墩，打横撞了上去。我给你看点东西。奥蒂望向山丘；谷底长着庄稼，他躲在不深的洞窟里，用落叶铺床，用火坑取暖，他和已经冰冷的比格犬一起，等待夜晚过去。

他蹲下，抬起手按着巴斯的肩膀："巴斯？"

巴斯眨眼，垂下头。

奥蒂站起来，发现几家人都在看他，他从院子走向棕色的开阔谷底。希拉跟着他，抓住他的手，想让他慢一点。他沿着弯弯曲曲的山路走向山上的果园，在山顶上停下。底下远处，能在树丛之间看见一段段黑色的两里溪，河边的烂泥地里，只有那些树丛在逐渐扩张绿色的地盘。

他想起他和老杰洛克站在河水里。他几乎能感觉到冰冷的河水在冲刷膝盖，感觉到那只手盖住他的脸，然后使劲把他按进水里。他只祈祷过那一次，请求留下，永远在这儿生活。希拉的双臂抱住他的腰。

地上满是果实，有些熟透了，有些在腐烂，有些被黄蜂打了洞。奥蒂摘了个有疤的苹果，想中和一下刚才干巴巴的饭菜。果子没滋没味的，他注意到这些树需要剪枝了。他扔掉苹果："我们以前会修掉小枝，保证大树枝的营养。"

"老妈会和我忙活一整个星期做苹果酱，但都是很久以前了。"她哧哧轻笑，用手背贴着额头，模仿道："哎，亲爱的，枯干的树该怎么办呢？"

"让风吹走吧，我猜。"

"对，"她说，贴近他，"尘归尘，土归土。"

奥蒂觉得和她太接近了，于是松开她，看着她捡起什么东西拿给他看。半个浅蓝色的知更鸟蛋，春天孵化留下来的。

他说："要是不孵化，大鸟就会把它扔掉。"

"你以前告诉过我。你好像会搜集这种东西。"

他想起他房间里的矮桌，那些箭头，那尊石膏天使像。他再次看见鹿的头骨飞出去，旋转着落在树枝之间，四分五裂。他的笑容消失了："不，我已经不搜集东西了。"

她在手掌上压碎蛋壳，蛋壳变成蓝色与白色的粉末："我从没被爱过。"

"胡扯，希拉。巴斯特爱过你。"

"巴斯？"她用一只手盖住眼睛，遮挡傍晚的阳光。

"他以为咱们在小溪旁做那事。"

她用双手抱住他的脖子，微笑回到脸上："我从没有过男人，但你们两个我都想要。你难道没想过吗？"

他摇摇头。

她眯起眼睛，双手从他的脖子上滑下来；她后退，转身，快步走向屋子。他目送她踩着猫尾草穿过树林，希望她别回头看，希望她在人来人往的院子里别再和他搭话。

他靠着墓地的篱笆坐下，用木棍抠掉枯黄的苔藓，感觉到竹节钢筋钩破了背后的衬衫。太阳在山丘背后的天空中划开一道象牙白的伤疤；一只双领鸻鸣叫着从河畔的泥地飞向阳光。介于棕色与蓝色之间的一道光从地面缓缓升起，树叶在暗影幢幢的天空衬托下排成各种图案。

他一片一片捡起离自己最近的落叶，把它们收集起来，就像收起奔忙于人生中的这些年头。他抚摸着一片枯干树叶的皱缩边缘，在最后几缕阳光中看见叶面上还有斑驳的颜色。一切都那么遥远，被埋葬得那么深，他知道改变他们的不只是一个鹿头。

他单独穿过暗沉沉的田地。热闪电划破天空，他听见在树上乘凉的蚂蚱慢悠悠地鸣叫。他琢磨着有多少头鹿死在那么多个冬天的大雪里，多少只老鼠化为尘土。走在用围栏圈起来的土地上，奥蒂知道巴斯是这个农场的主人，他把它封锁在时间里，好在其中度过每一天的时光。奥蒂看见了他们最后一次在一起的样子：一条垂死的狗，两个没用的孩子，永远沦为鬼魂，既不能尖叫也无法嬉戏；哪怕是死物，他们也要为尸骨而争斗。

一辆辆车在暮色下离开院子，开往黑夜中的城市和多年之外。他站在那儿，直到农舍里的灯光熄灭，然后他穿过院子，踏上门廊。

"你明天出发？"老杰洛克坐在阴影中看不见的地方。

"是的，先生。"

"留下吧，帮忙剥烟叶。"

奥蒂咧嘴笑笑："切割刀不适合我的手。"

"就不能说说巴斯特到底发生了什么吗？"

他耸耸肩，抬起手揉脸，但没闻到药膏或爽身粉，只闻到了树叶的粉末："我猜巴斯是想……我猜应该是意外。"

老人走到门口，拉开门，然后向栏杆外啐了一口："愿上帝原谅我疲惫的灵魂，但我希望你能在地狱里被烈火焚烧。"老杰洛克进去了。

奥蒂坐在秋千上，想着在普朗蒂敦他窗户上的栏杆，他放声大笑。他们根本不需要栏杆。他对他们来说永远是安全的。枯干的树该怎么办。

他的声音像是被烟熏过："让风吹走呗。"

他打开鞋盒，从锡版照片之间找出一张纸板照片点燃，看着照片起皱，在夜空下变成橙色、蓝色和紫色。他又点燃一张照片，让火苗吞噬早已被遗忘的面孔。让风吹走呗。第三张照片，他想拿到蜂巢底下，想让被烧焦的昆虫穿过缤纷火苗跌落，想看见幼虫和蜂窝的粗糙边缘闷烧。这不符合他做事的方式。他摇摇头，甩灭火苗。他站在那儿，直到最后一丝火花发亮，腾起，熄灭。

"让风吹走呗。"

屋子里很憋闷，吸走了他肺里的空气。鸡的气味渗透进墙里，已经成为旧日时光的气味。他蹑手蹑脚地爬上楼梯，没有在老杰洛克的房门下看见灯光，但随着他接近楼梯平台，汗水像薄膜似的覆盖在皮肤上。

他顺着走廊走向他以前的房间，经过希拉的房门时抬头望去。他看见她赤裸着站在门口；一个灰色的影子，等待着。他停下，等待着；他听见她的呼吸声。他慢慢抬起手，触碰她的面颊，感觉到她脸上的汗水与他手上的灰土混在一起。他更了解她，了解她做事的方式。

他走进他的房间，脱掉撕破的白衬衫，扔在床上。他收拾自己的包——剃刀、肥皂、梳子，他带来的所有东西。他换上一件干净T恤，拉上提包的拉链，拎着它走进门廊。希拉的门关上了，奥蒂知道，改变了他们的东西会让他们永远无法接近。

外面，院子里空荡荡、黑乎乎的。他顺着竖梯爬进半挂式卡车的车头，试图回忆工厂旁一块宽阔的空地，那地方挺适合停车。点火器的警铃响了，挂挡——向前十挡到头，齿轮摩擦着驶入又一个夜晚，多么可怕的怪声。

冬季第一天

霍利斯整晚坐在窗口，盯着他在窗玻璃中的鬼魂，想方设法逃出杰克为他建造的坟墓。此刻，他看见清晨的第一抹蓝色在光秃秃的树枝背后渐渐亮起来，树木背后是暗沉沉的农场。活已经做完了：筒仓里装满了玉米，成捆的干草一直垒到畜棚的屋顶，要宰杀的牲口已经送到市场去了；做这些活儿是为了增加银行里的数字，为了还清负债。现在剩下的玉米秆倒在地里，周围是结霜的成垛饲料。他能听见父母在楼下走动做早饭，他的老母亲在咯咯笑，她血管里的血液太稠，心智已经丧失了一半；他父亲已经瞎了，正在咳嗽。他在电话上对杰克说他们会长命百岁。杰克不会答应让他的父母像家具似的被送走。霍利斯求杰克带他们去他位于哈珀斯费里的牧师住宅；农场正在日益衰败。杰克没房间：牧师住宅太小，而他的家人太多。

他下楼去喝咖啡。他母亲不肯洗澡，正坐在他父亲身旁喝燕麦粥，热烘烘的厨房里散发着她身体的气味。失明老人的眼皮半睁半闭，他没梳头，贴着枕头睡的那一侧，头发一绺绺支棱着。

"燕麦粥很烫,"他母亲咯咯笑着,月牙形状的嘴巴咧出一个无力的笑容,"你老爸烫伤了嘴。"

"我不饿。"霍利斯倒了杯咖啡,靠在水槽上。

老人朝着霍利斯微微侧过头,嘴唇上黏着几片燕麦:"你打算听我的话去打猎吗?"

霍利斯把咖啡杯放在水槽里:"我打算修车。你再喜欢吃松鼠,咱们也不能一整个冬天不去镇子上。"

老人吃着燕麦粥,瞪着前方:"感恩节可不能缺了猎物。"

"杰克和米莉不回来就不是感恩节。"他母亲说。

"他们昨晚说不会回来了。"他父亲说,老妇人傻乎乎地望着霍利斯。

"我去修车。"霍利斯说,走向房门。

"车停得太久了,"老妇人喊道,"当心有蛇。"

外面,寒气刺骨,冷风抽打着他的脸,冻得他直倒气。铅灰色的天空低垂,他没送去市场的几头安格斯牛挤在畜棚里的料槽旁。他抓了些干草扔给它们,取出他的工具箱,开始修车。他上车看引擎能不能发动,把油门踩到底。他坐在驾驶座上,敞着车门,看见父亲拄着拐杖走下门廊。引擎的运转声响彻山谷,在群山中回荡。

霍利斯的指关节在出血,那是在掀开的引擎盖底下蹭破的；他用力转动点火钥匙，攥紧方向盘。父亲的拐杖嗒嗒地敲打结霜的院子，打破了十二月的寂静，离霍利斯越来越近。失明老人在寒风中闭紧嘴巴，黑烟都快吹到他的脸上了；霍利斯放弃尝试发动引擎，钻出车门。

"听得出齿轮卡住了。"失明老人面对他。

"这又不是拖拉机。"霍利斯绕过他，钻到引擎盖底下查看，发现汽缸一侧有一道头发丝般的裂缝。

他父亲的拐杖敲打保险杠；他在儿子身旁站得笔直，一动不动。霍利斯看见父亲的手指沿着进气格栅摸索，扶稳身体。"听上去是齿轮卡住了。"他重复道。

"是吧。"霍利斯挤开老人，关上引擎盖。他没有能用来拆卸引擎的工具，也没有引擎可以更换。"也许杰克能借钱给你换辆车。"

"不行，"老人说，"咱们不能总去打扰杰克。"

"难道去贷款？你以为银行还会给咱们一分钱吗？"

"杰克要操心的事情已经够多了。"

"昨晚我求他把你们带走。"

"为什么？"

"我求他和米莉把你们接走，他说不行。我这是困在这儿了。和这个该死的农场打一场必输无疑的仗，我没法过我的日子。"

"种地能让你过上你的日子。"

"胡扯。"

"每个人都想过上更好的生活。要是每个人都在朝一个方向走，那你就该回头了。"老人搬出格言和他说理。

阴云遮蔽的晨光中，土地看上去伤痕累累。第一场雪已经下过，融化后给山丘结上了阳光无论如何也晒不软的厚实霜壳。寒风剥掉了橡树上最后几片不肯掉落的叶子，把山丘变成寂静的灰棕色，倾斜着伸向底下的山谷。

他看见老人的头发在风中飘拂。

"进去吧，你会着凉的。"

"你会听我的话去打猎吗？"

"我会去打猎的。"

霍利斯穿过山坡上的最后一片牧场走向山脊，觉得肚子里有一种冰冷的饥饿感直往下坠。他踏着枯草走向围栏，围栏外是隆起的山脊和高耸的橡树林。他在围栏前停下，转身俯视山谷和农场。杰克一点一点蜕壳，把所有责任都甩给他。现在他的哥哥不在身边，只有此刻这种短暂的瞬间，霍利斯能稍微高兴一点。

他放下猎枪，翻过围栏，又捡起猎枪。他走进橡树林的深处，直到橡树与山脊上的黄松混在一起。他没看见松鼠，于是找了个树桩坐下，前后左右都是橡树，松鼠的尾巴把树根和树干的底部扫得干干净净。等待和寒冷让他浑身麻木；他从口袋里掏出硬币，用它刮已经有了凹痕的树枝，发出松鼠啃坚果的声音。没多久，他看见尾巴一闪，松鼠的身体躲在树干背后。他朝那棵树的另一侧扔了颗小石子，石子把落叶搅得沙沙响，他看见松鼠蹿向一棵倒伏的大树。他慢慢地举起猎枪，等谷地对面的山丘回荡的枪声散尽，松鼠已经倒下。他掏空猎物的内脏，冰冷的血液在他手上凝结；他爬上山脊，走向松林，每隔五分钟就停下来杀一只松鼠，直到猎杀吸干了他的精神，装猎物的口袋沉甸甸地挂在身上。

他靠在离松林不远的一棵树上休息，盯着摇曳不定、暗沉沉的松针和树枝；泛红的松针之中趴着一只狐狸，几乎与环境融为一体。他一动不动地望着狐狸，想到杰克——杰克躲得远远的，等待他溃败，等待他采取行动。他一时间气急败坏，举起猎枪顶着肩膀，想也不想就开火了。等他再望过去，狐狸已经不见了，他瞥见一眼它尾巴上的白毛如游魂般飘进幽深的松林。

霍利斯扔下猎枪，靠着那棵树坐下，寒风往他的喉咙里灌，他摸索着系上领口的纽扣。他感觉到衰老和厌倦、疲惫和挫败，他想起杰克说的关于州立养老院的事——霍利斯想让父母搬进去。养老院的人让老人们挨饿，杰克说，他们虐待他们，最后闷死他们。有一瞬间，霍利斯忍不住想到，闷死他们会是什么感觉，他立刻阻止了自己，放声大笑；但某种黑暗遮蔽了他的心灵，他戴上手套，掩盖手上的血。他晃晃悠悠爬起来，捡起猎枪，从树木之间跑向最靠近围栏的一块空地；等他翻过围栏回到牧场上，他又感觉到薄雾般的汗水笼罩在脸上，镇定了他的灵魂。

他穿过田地和篱笆，艰难地涉过谷底，然后上坡走向屋子。家里，他母亲坐在狭小的里屋里，和丈夫一起听收音机里安静的音乐。她迎接霍利斯，他在她分得很开的眼睛里看见恐惧和知情——他知道她看得出自己被逼进了什么样的狂乱境地。

他从猎物袋里掏出已经剥皮去掉内脏的松鼠，递给母亲，然后去清洗双手。他从眼角看着她，看见她把松鼠扔进盐水盆浸泡，看见她抬起手放在嘴边，看见她舔掉一丝污血，看见她微笑。

他在餐桌前坐下，低头看他空荡荡的餐盘，等待父亲念祷文；祈祷完毕，他们传递盛着松鼠肉的盘子。他给自己拿了前腿和肝脏，留下肉多的后腿和腰肋。

"杰克写信来了。"老人拿起一条后腿开始啃。

"还有他们的照片。"他母亲起身，拿着几张快照回来。

"他过得真不错。看看这美丽的教堂和孩子们。"她说。

教堂是黄色的砖砌建筑物，有着低垂的彩绘玻璃窗。照片里，杰克站在那儿，抱着一个婴儿——他的女儿，沿用了他们母亲的名字。他眯着眼睛，面露微笑。老妇人用枯瘦的手指点着照片。"那是我的梅·埃伦，"她说，"那是我最喜欢的小宝贝。"

"你不该偏心的。"父亲放下啃完的骨头。

"哎，但你得承认，他过得真不错。"

霍利斯望向窗外；肝脏的味道，有点像橡果，冷却的油脂裹着他的舌头。"要下雪了。"他说。

他父亲哈哈一笑。"没感觉到。"

"杰克说他们现在有点积蓄了。说教会里都是正直的好人。"

"他们的积蓄肯定不够多，否则他就不会跟你说了。"

"哎，"她说，"他过得不错了，就这样吧。"

吃过晚饭，霍利斯推开椅子："我请杰克帮忙，把你们接过去住，他说不行。"

老人转了过去；霍利斯看见他瞎了的眼睛流出泪

水，看见他的身体因为哭泣而颤抖。他一次又一次摆动头部。老妇人满脸怒容，然后收拾盘子，端去放进水槽。她走回餐桌旁，俯身瞪着霍利斯。

"你以为他会怎么说？他累得像头牛，过得还算不错，但他没法养活我们所有人。"

老人还在哭，她走到他身旁，扶着他从椅子上起身。衰老和哭泣压弯了他的腰，他慢慢地站起来，用虚弱的手臂搂住妻子的腰。他转向霍利斯："你怎么能做这么缺德的事情？"

"咱们去打个盹，"她说，"咱们需要休息一下。"

霍利斯走进院子，走到车旁，再次望着汽缸上的裂缝。他抚摸进气格栅上老人用双手擦掉了灰尘的地方。风掐住他的气管，殴打他，细小的冰晶从保险杠上滑落。大地冷淡而开阔，死气沉沉。

他回到屋子里，走进客厅，躺在沙发上。他把叠起来的被子拉到胸口，像抱枕头似的抱在身上。他听见牛哞哞叫，等待喂食，听见父亲哭泣时轻柔而嘶哑的呼吸声，听见母亲断断续续地哼唱赞美诗。他躺在逐渐变得灰白的光线中，就那么睡着了。

雪花遮蔽了太阳，哼唱静静地包围了山谷，静得就像一整个小时的祈祷。

后 记

（约翰·凯西）

我第一次见到布里斯·潘凯克是 1975 年的春天，四年过后没多久，他自杀了。他很高大，骨瘦如柴，有点溜肩膀。他看上去像个在户外做过苦工的男人。当时他有工作，是在福克联合军校教英语。每晚十点，他监督学员们上床睡觉，从吹响熄灯号开始写作，直到午夜过后。清晨六点，他和孩子们一起听着起床号醒来。一天，布里斯走进我在弗吉尼亚大学的办公室，请我看看他写的东西。我读的第一个短篇相当不赖，后来发现那是他的旧稿里最好的一篇。有可能他想先用旧稿试试我，然后再给我看新写的东西。他问我能不能再看几篇其他的，幸运的是我答应了。接下来的几篇都非常好。

　　当时，弗吉尼亚大学没什么钱来养想学习写作的学生，于是我试着送布里斯去艾奥瓦大学待一年，帮他争取更多的时间来写作。艾奥瓦大学想要他，但他们资金不足。第二年，布里斯在斯汤顿军校找了份工作，同时来上我在大学开的写作课。我认为他应该开始投稿了，但他犹豫了一段时间。

　　布里斯在西弗吉尼亚州亨廷顿的马歇尔大学接受

过教育，但他的学识和技艺中最惊人的是，他自学到了很多东西。他肯定在很年轻时就拥有了超乎常人的专注度。他对事物有着极为强大的感受力。他几乎所有的小说都以他出身的西弗吉尼亚为背景，他对那片土地了如指掌。他了解人们的活计，从他们使用的工具到他们对工作的感受全都知道。他了解那里的地质特征和史前历史，了解他所属的土地的历史——不是作为消遣而了解，而是作为他忍不住要去梦想的属于他自身深处的一个部分去了解。他作品的优点之一就是对生理感受强有力的细致描述。

他在写作方面的努力程度超过了我认识和知道的任何一个人。我见过许多页的笔记、大纲，无数版的草稿，他会在页边发疯般地写笔记，逼自己扩展这个，压缩那个。可想而知，最终的定稿必定是经历了千锤百炼的杰作，如同锃亮的火车铁轨。

他把第一个短篇卖给《大西洋月刊》时，连大气都没怎么出。（不过他还是做了一件事权当庆祝。校样送来时，他的中名缩写拼得很奇怪：布里斯·D'J.潘凯克。他说好的，就这样留着吧。这个错误让他大笑，我认为也缓解了他的紧张感——那是万事都想要尽善尽美的一种紧张感——因为这么了不起的杂志也会犯错。）他很高兴，但他作品的韵律不允许他引以为傲，或者仅仅感到满足。他对他的作品有着极高的期许，我认为他开始感觉到了其中的力量，但他同时也觉得，离自己想达到的目标还很遥远。

布里斯和我交上朋友之前不久，他的父亲、他最好的朋友都去世了。在那之后过了一段时间，布里斯决定皈依罗马天主教，开始接受教导。对于他的皈依和他的自杀，我都有一种难以确定的必然感。两者我都想了很多，我能想象出很多，但没有任何确定的东西是我敢说出口的。除了一件事：我曾经（并且现在依然如此）十分惊诧的是，自己一度接近过——有时候甚至亲近过——像他那么强烈的激情。

布里斯请我当他的教父。我说我这人意志薄弱，但我会感到很荣幸的。这桩教父的安排很快就反了过来。布里斯拉着我去望弥撒，去忏悔，并且开始教导我的女儿们。那既是出于对正道的坚信，也是出于感谢和爱，但他有时候会相当严厉，事后又后悔不迭。

他对信仰与他对自己的另一项知识和技艺一样狂热，就好像他对时间有着与众不同、更加深刻的度量方式。他很快就是一个比我更老成的天主教徒了。我开始觉得他不但学东西快，吸收知识快，也会很快让它们变得醇厚。他对事物的感悟不但来自自己的生活，也来自其他人的生活。对于他无法亲身体验的事情，他拥有一种令人信服的感受能力，甚至说是记忆都行。就仿佛他吸收了老一代的体验，将其融合进（而不是取代）他本人的体验。

他死的时候还不到二十七岁；而我已经四十。然而在我们相处的一半时间里，他待我（以及我待他）就好像我是他的弟弟。另一半时间里，他又将我当作某个他想象出来的古老军队的军官。我知道不少事情，拥有一定的地位，但他确信我需要照顾。当然了，实际上没这么简单。在这卡通画般的描述之外，他是个强大、不知疲倦的朋友。

他从斯汤顿来回通勤一年之后，我们帮他筹了些钱。大学刚好开了创意写作课程，布里斯运气不错，又有人推荐，因此成了最早获得奖学金的人员之一。他现在有时间了，于是结识了教职员里的另外几位作家（彼得·泰勒、詹姆斯·艾伦·麦克弗森、理查德·琼斯）和学习写作的新一批研究生中的几位。总体而言，一切都不错。弗吉尼亚大学英语系是个复杂的地方：一方面挺好，视野开阔；另一方面也不好，取向狭隘。写作课程只是诸多分支中的一门，这些分支大体而言也都挺好。从好的一面说，常任教职员和博士生里曾经有（现在也还有）一些人懂得、关心布里斯以及他的作品。但英语系也有坏的一面：它神经质地抗拒直接而公开的表达，也许是出于担忧——担忧外界会如何看待一个人的观点，因为观点是我们的主要商品。有时候你很难得到一个直截了当的回答。另外一些时候，部分人明显认为评论是文学花园里最高等的花朵，而短篇、长篇和诗歌本身仅仅是肥料。

这种态度足以让一名年轻作家（无论他多么优秀）感觉到社会理论家所谓的"地位贬损"。布里斯并不知道他到底有多优秀，不知道他究竟知道多少；他不知道他是天鹅，而不是丑小鸭。布里斯逐渐克服了这个障碍，但他的日常生活中始终有着外来者的萧瑟感，他在校园里不受欢迎的感觉。

当然了，布里斯本身也有很难相处的一面，并且把一些时间消耗在了毫无意义的发怒上——惹他生气的事情在我看来更应该置之不理，有时候他更是找错了泄愤的对象。他的怒火烧出来的一个结果是，他开始筹划开设为写作学习者设立的艺术硕士项目———一个所谓的"终端学位"[1]——而不是更困难的文学硕士。弗吉尼亚大学现在也授予英语文学的艺术硕士了，总体而言这是好事：不少作家为了糊口而找的某些工作确实要求

---

[1]　不同于文学硕士（M.A.），艺术硕士（M.F.A.）是一些艺术实践类专业如绘画、表演和创意写作的最高学位，这类实践学科不设博士学位。

这么一个学位。布里斯是个优秀的工会成员。

他同时也是一位了不起的阅读者。他为《弗吉尼亚书评季刊》筛选收到的小说投稿，1979 年春季还参与了霍因斯奖学金的评选。他和我以及我们的一位朋友读完了数不胜数的文章（塞满了整整一个文件柜的抽屉）。从某些方面来说，我们做的是最功能性的文学批评活儿——从这一大堆里选出十二名有潜力的写作者。

他那段时间头脑清醒、心情愉快；从他完成作品的势头来看，我猜布里斯的状态正好。他卖掉了另外两个短篇。他又办了一场作品朗读会，座无虚席。他的工作前景不错，他准备离开夏洛茨维尔。他开始把身边的物品送给朋友。他向来是个慷慨的赠予者——每次来吃饭，他不是带着他钓到的鲑鱼，就是给我女儿们准备的礼物（举例来说，他亲手做的浴缸小船，带有橡皮筋驱动的桨轮）。他开始散东西的时候，看上去像是打算轻装上路。

一个月后，他的一个朋友给我看布里斯写来的一封信，信里他说："假如我不是个虔诚的天主教徒，我会考虑和生命离婚。"

和他亲近的人中没有一个能猜到结局。和生命离婚的说法只有回想起来才能明白意思。从其他征兆和信件中也很难看出他自杀时的心理状态有几分蓄意，几分偶然。

布里斯逝世前不久做过一个有关打猎的梦，他把这个梦写在了笔记本里。在梦中，他见到了郁郁葱葱的山岭和绿草茵茵的谷地。清澈的溪流。遍地猎物。但最妙的是，你开枪打中鹌鹑、野兔或鹿，它倒在地上死去，但又会立刻活过来，飞快地逃跑。

这个梦有好几个地方打动了我。首先，这个梦与永生和天堂有关。那是一片快乐的猎场。所以这又是布里斯凭感性获取的一点知识，将其融入了他本人的自我之中。但其中最强有力的要素是这个：布里斯的生活和小说的主题之一就是将暴力转为温柔。他拼命挣扎，想成为一个温柔的人。

布里斯最喜欢引用的一句话来自《圣经·启示录》（3:15-16）：

我知道你的行为，你也不冷也不热。我巴不得你或冷或热。

你既如温水，也不冷也不热，所以我必从我口中把你吐出去。

这是两句危险的诗句。若是没有其他文字的中和，离开了圣灵更温柔的语气，它们也可以是严厉的斥责。

在布里斯自我斥责之后，他没有给自己涂上可用的镇痛膏，这也许仅仅是个糟糕的意外。

关于布里斯，有三种方式向我提醒他的存在。首先，来向我讲述他们和他的友情的人，给我寄来他们与他的通信的人，数量多得令我惊讶。他们全都知道布里斯有可能变得多么暴躁，对自己有多么苛刻。（在布里斯寄给一个朋友的明信片上，回邮地址本来应该是蓝脊巷 1 号，他写的却是："轰脑浆 1 击。"这个朋友没注意到这一点，但明信片上的文字是在鼓励朋友——坚持下去，坚持写作，享受人生，去他妈的。）但他们说得更多的，是布里斯如何温暖了他们。

其次，我有布里斯的作品。

然后还有第三种方式——也许是记忆，也许是鬼魂。我不确定鬼魂是什么。作为一名怀疑论者，我会本能地回答说，鬼魂是我们对死者的鲜明印象，就像幻肢综合征——你依然能感觉到被截除的手臂，你失去的手指依然能触摸东西。以同样的方式，你能感觉到你失去的亲友。

布里斯去世两周后的一天，和布里斯有点交情的许多人都问过我那个难以避免但无法回答的问题。我走路回家，筋疲力尽。那是凌晨两点左右。我在草坪上走向圆形大厅，月光把拱顶照得透亮。我在机械地向前走，却慢慢地意识到我停下了脚步。我闻到了一股气味。我嘴里有金属的味道。我没有立刻认出那股气味，那是我多年前很熟悉的一种气味。枪身烤蓝。然而在味觉和嗅觉带来的感受中有着某种强烈的交感，它超过了枪口塞进布里斯嘴里时他体会到的感觉。那是一种深入灵魂、令人恐惧的兴奋，我连做梦都不可能想象到，那是兴奋和诱惑，行将抽干我的整个身体。我不可能想到这些。我甚至不敢去想这些。

在这种令人眩晕的紧迫感中，甚至在我向它敞开内心的时候，也有某种令人安心的东西。就像他留下的那封信一样，既让人惊恐，又怀着爱意：别去想为什么。感受我感受到的东西，哪怕只是一瞬间。

布里斯和我曾经争论不休。节奏往往是他会在发怒前的一瞬间起身出去。过上一会儿，他会回到我的办公室里，平静地说弄错的依然是我，也可能说点俏皮话，承认自己未必百分之百正确。随着我的脾气越来越坏，我开始钦佩他的努力。草坪上的那次体验过后一个月，我躺在浴缸里尽量放空大脑。我听见一个短促的笑声，然后是布里斯的声音，我不可能听错那个清晰的土腔："只有这个办法能让我交待遗言。"

别的你可以不信，但这句你必须相信——这正是他说话的方式。

接下来的一年里，我又听见了几句这种话。一句是斥责，接下来两句是温和的赞同。然后是最近这次，又是深夜我在泡温水澡时，但这次是一声模糊的嘟囔。什么？我心想。你说什么？

"——没关系的。你有你自己的良知。"

当然，我的意识也会单独运转，想些没滋没味的事情：布里斯肯定会喜欢这个或那个，这条溪，这本书，这个人。这件事会惹他生气，那件事会逗他发笑。很多人想念他，想念他若还在世会写出来的小说。

我想到我从布里斯身上学到的许多东西。我如今坚信，布里斯的烦恼已经不再纠缠他，以及与他一起搏斗并爱他的人了，他在与那些烦恼的搏斗中得到的很大一部分遗产将会留存下去。

后　记

（安德烈·杜伯斯三世）

读到布里斯·D'J. 潘凯克的作品，我的写作生涯才算是真正开始。那是 1983 年，他去世已经四年多了，我住在科罗拉多州的博尔德，在一家为卡农城惩戒所的成年重罪犯开设的中途之家[1] 工作。我的头衔是一级矫正专员，意思是我必须从下午五点到凌晨一点在机构内巡查，手里拿着写字板和圆珠笔，留神看守五十七名住客——其中九个是女人，有个女人一枪爆了虐待她的丈夫的脑袋。

　　中途之家离科罗拉多大学只有三个街区，几年前惩教局买下了这座建筑，在此之前它曾是数代女生联谊会的驻地。前院有两棵大橡树，冬天的午夜里，在三楼巡查时，隔着橡树的枝杈，我能看见城区边缘和熨斗山，古老的庞然山岩从松林和积雪中拔地而起，熠熠生辉的星辰紧贴着山脊。通常，我只会在住客们入睡后才来欣赏美景，尽量不去思考我每天上午和下午在写的小说。

---

[1]　中途之家（halfway house）指帮助即将刑满释放人员、戒除赌瘾的吸毒者等重返社会做准备的过渡性矫正机构。

那会儿我二十三岁，已经开始写短篇小说，这让我自己都很惊讶。然而，我不认为自己算是个作家，也不认为我有可能会成为作家。我读过理查德·耶茨、约翰·契弗和约翰·厄普代克——这些作家文笔优美，写各种各样的题材，尤其爱写过得特别不开心的中产阶级和上层中产阶级已婚人士。在我自己的作品中，我觉得我想模仿的不仅是他们文字的韵律，还有他们的视角；但他们的视角和我的没有任何重叠之处。我父母两家人都来自南方。我爷爷是土木工程师，他的父亲是路易斯安那州的第一个机修工；我母亲那边有管道安装工、种稻谷的农民和赶骡人。我在新英格兰一个又一个衰落的工业城镇长大，我最好的朋友们和我看管的卡农城惩戒所那些人不无相似之处。

薇拉·凯瑟曾经写过："一名写作者发挥得最好的时刻，莫过于在他最深沉地共情对象的人物与范畴内写作。"我写作的最初几个月里，激发我灵感的那些作家，他们的艺术视角只怕未必包括社会底层那些人的视角。而我猜（因为我年轻无知，读书不够多）我大概在潜意识中认为，真正的小说里根本没有那些人。结果，我感觉不到我和我自己的作品之间有什么联系。

我继续写，但我开始厌恶写作和我自己。我开始跟着一个偶尔兼职赏金猎手的私家侦探混。我在丹佛跟踪一名钻石窃贼，监视一名杀手的女朋友的住所，用假名与联邦法警和禁毒局探员会面。我飞到墨西哥去找一个我们到最后也没找到的施虐狂。工作很无聊，有时候甚至很危险，但我不在乎；我无所适从；我没有方向，没出现声音或幻象教我该怎么做。不当班的时候，我大量饮酒。

我已经不记得《三叶虫》是怎么落到我手里的了，但我记得我拿到的是个复印本，原件来自一本书或一份杂志。那是冬天的一个下午，熨斗山斜着投下的阴影中，我坐在写字台前读了这个短篇。第一句是第一人称现在时，我没怎么见过这种写法，但很快我就不再注意这些了：

我拉开卡车的车门，踏上铺砖的小街。我再次望向伙伴山，它整个儿被打磨得圆滚滚的。很久以前它也曾崎岖不平，屹立于泰兹河中像个小岛。超过百万年的岁月打磨出这个光滑的小丘，而我走遍它的每一个角落寻找三叶虫化石。我想着它如何一直存在于此处，未来也将一直如此，至少对我来说是这样。夏季雾气蒙蒙。一群棕鸟从我头顶掠过。我在这片乡村出生，从未正经想过离开。我记得老爸死气沉沉的眼睛盯着我。它们无比冰冷，从我身上带走了某些东西。我关上车门，走向小餐馆。

这些朴实的句子是多么简练啊,读着读着,我的思想沉静下来,心脏的节拍变得平稳,我仿佛真的被拽进了西弗吉尼亚这片土地,感觉到了压在年轻的科利肩膀上的所有重负——他无力拯救的衰败农场,他死去的父亲,不再爱他也再也不会爱他的金妮。几乎所有句子的结构都很简单——主语、动词、宾语——但其中蕴含着一种音乐,一种朴实而完整的音乐,它似乎来自那些句子如此完整地构建出的那个世界。

天空中有一层薄雾。热浪穿透我皮肤上的盐,绷紧皮肤。我发动卡车,沿着公路向西驶去,公路修建在泰兹河干涸的河床上。谷底很宽,连阳光都驱不散的滚滚黄雾笼罩着两侧的山峦。我经过公共事业振兴署立下的铁牌:"泰兹河峰,由乔治·华盛顿勘测。"我在建筑物耸立之处见到田地和牛群,想象它们多年前的样子。

这不仅仅是为了描写而描写。我们会觉得热,不需要等到别人告诉我们热。我们会口渴,不需要等到别人告诉我们说想喝凉水。我们能明确地感觉到时间的流逝,能感觉到黑暗的预兆,但所有这些话都没有明确说出来。潘凯克用他仔细挑选的感官细节完成了任务：天空中的薄雾，皮肤上的盐，连阳光都驱不散的滚滚黄雾。但我到很久以后才注意到这些技术性的细节。第一次阅读这位伟大作家写出的这篇伟大小说时，野心勃勃但失去方向的那个我被踢进梦乡，我变成了科利、金妮和老吉姆，甚至变成了古老的土地和科利想在故土找到三叶虫化石的欲望。在那片土地上，"我父亲是甘蔗林里一团卡其色的云，金妮对我来说不过是山梁上黑莓丛中的苦涩气味"。

这个短篇的结尾与开始一样自然、真诚；科利没得到那个姑娘，但他也没有忘记他的激情。最后一句给一切画上了完美的句号：

我站起来。我要回家过夜。我会在密歇根闭眼休息——也许甚至在德国或中国，此刻我还不知道。我开始走路，但我并不害怕。我感觉我的恐惧如涟漪般扩散，荡漾过百万年的时光。

科利在整篇小说中一直在害怕，我们自始至终都知道，但并不是有意识地知道。第一次读完最后一句，我的手指在颤抖，我的呼吸梗在胸口，我的灵魂感觉饱足，但同时又渴求更多。这个人，叫潘凯克的这个人，在这个小说人物生活中的这个特定的时间和地点，进入了他的灵魂最深处，捕获到了关于我们所有人的更广阔的真相——关于生存、爱欲和死亡——他在短短十六页里做到了这一切，但没有使用任何取巧或讥讽的文字游戏。

我打电话给附近的书店，问接电话的人，店里有没有一个叫布里斯·D'J. 潘凯克的作家的书。他有。三十分钟后，我买到了书店老板所说的潘凯克第一本也是最后一本小说集。

回到家里，傍晚时分，我煮了咖啡，我盯着封套上的照片看得目不转睛，这位天赋异禀的作家已经离开我们四年多了。我的心情五味杂陈，一方面因为失去了他而哀伤，另一方面又期待读到他留下的文字。我坐下，开始读。

等我读完《三叶虫与其他故事》，太阳已经落山，我穿上外套，在博尔德积雪结冰的街道上长时间地漫步。我望着餐馆、商店和山间小屋的灯光。我仰望熨斗山，看着星辰在山脊之上闪耀。我就那么站在山区的寒风中，感受着那十二个短篇里的所有人物的生活，而创造他们的作家已经和我们断绝了联系：艰难求生的巴迪，被束缚在煤矿工人的生活中，他的爱人终于不堪忍受；《一个永远的房间》的无名叙事者，他在一个又一个没有爱的养父母家里长大，他现在的生活无非是贫瘠的河畔小镇和拖船上的危险工作；少年小波被迫参加打猎，同去的男人们饮酒庆祝一个未成年女孩的横死，他们全都花钱睡过那个姑娘；《一次又一次》里饱受折磨的连环杀手，潘凯克在仅仅六页文字里完整而坦诚地写活了这个人物；心碎的蕾瓦和她不孕的身体，她的自我厌恶以及对兄长的乱伦欲望。还有热爱斗殴的斯凯威和注定不幸的阿莱娜，阿莱娜之所以注定不幸，是因为她爱哈维，他"不是她在山里认识的那个男人了。在她眼里，他那时更瘦也更凶悍。现在她知道他确实能杀人，他总是带在身上的枪确实能打响"。在《我的救赎》里，我们认识了潘凯克笔下唯一喜剧性的叙述者和他永远不会成真的梦想。还有奥蒂，跑长途的司机，他回到家里，探望本来就不属于他的家人。最后，年轻的霍利斯，他继承了家里的农场，也肩负起了照顾生病双亲的责任。我们能感觉到命运给他造成的苦难，但也能感觉到他不想让家族蒙羞和行走正道的强烈欲望；这正是潘凯克的核心主题之一：他笔下的人物永远在挣扎求善，抵御他们胸中黑暗的诱惑性吸力。他的大部分小说里都有枪、威士忌和渴求做出任何一种改变的欲望，这正是他写作主题的映射。

他回到屋子里，走进客厅，躺在沙发上。他把叠起来的被子拉到胸口，像抱枕头似的抱在身上。他听见牛哞哞叫，等待喂食，听见父亲哭泣时轻柔而嘶哑的呼吸声，听见母亲断断续续地哼唱赞美诗。他躺在逐渐变得灰白的光线中，就那么睡着了。

雪花遮蔽了太阳，哼唱静静地包围了山谷，静得就像一整个小时的祈祷。

潘凯克的很大一部分艺术就体现在他没有明说的内容里，比方说猎枪上膛了，放在家里的某个地方；比方说，年轻的霍利斯再也承受不住了，而且恐怕也不打算继续承受。但作者没有明说，而是寄希望于细节本身的内在力量：父亲哭泣时的呼吸声，母亲断断续续哼唱的赞美诗，被遮蔽的太阳，还有最后，哼唱包围山谷，"静得就像一整个小时的祈祷"。这是一个神圣的反思时刻，也可能是个渎神的放弃时刻——潘凯克似乎在说，随便你选——这些全都体现在霍利斯在其中沉睡的"逐渐变得灰白的光线"里。

然而近二十年之前的那天夜里，我站在落基山的寒风中，并没有开始分析刚刚穿过我灵魂的任何一篇作品。我还被它们的魔咒控制着，依然被那些人和他们艰苦的生活感动，他们和我从小到大认识的那些人并没有多大的差别，跟与我在山上的中途之家共度每天大部分时光的那些住客也没有多大的区别。威廉·卡洛斯·威廉斯曾说："写你鼻子底下的东西。"我想象不出布里斯·潘凯克是如何攀上艺术高峰的，但受到了前所未有的鼓舞，想要尝试也写出点什么东西来。

剃刀般的寒风从平原吹向东方。我想戴上帽子和手套了，于是转身回家。至少有一点是我敢肯定的：布里斯·D'J.潘凯克带到写字台上去的东西不仅是玩弄辞藻的本事和强烈的工作道德；他向我们展现的是某种无所畏惧的精神，一种与生俱来的欲望，想要挖掘出故事和人物所需要的深度。这需要巨大的宽容和勇气、信念和坚毅。然而这还不是全部；就我当时阅读的部分其他作家而言，我能在文字中感觉到细微的倾向性，就好像故事里的人物与其说是真实的人，还不如说是道具，被用来对人类境况做出或睿智或讥讽的评论。但在潘凯克的笔下，你看不到这些东西。正相反，你会有截然不同的感觉；他故事里的人物不是凭空捏造，而是有血有肉的人类，他与他们一起吃过苦，他相信他们，最重要的是他爱他们，无论他们沦落到何等境地。若是没有最强烈的艺术真诚，是不可能做到这一点的，纳丁·戈迪默笔下的一个人物将此定义为"从来没有关于自己的任何看法"。布里斯·D'J.潘凯克完全专注于他手头的任务——尝试找到最精髓的现实细节，最能引起共鸣的对话，最真实的图景——而不沉迷于现在太多年轻作家所沉迷的主题：我写的这个故事如何能够反映我这个人？它会让我具有什么样的形象？

这是对于世界以及一个人感觉自己在其中所处位置的近乎绝望的回应，二十三岁的我，四处漂泊，心怀恐惧，我当然也还没迈过这个坎。读完《三叶虫与其他故事》的第二天清晨，我在我的写字台前坐下，重新读了一遍我写的那些东西。我第一次清楚地看见，塞满我笔记本的句子只是为了说服我自己和其他人，我确实有真正的写作才能，而不是在浪费时间瞎胡闹。潘凯克的艺术依然攫紧我的灵魂，我看见了我的语言是多么用力过度，它们的存在不是为了服务于我的人物和他们的特定处境，而是为了炫耀我受过高等教育的词汇表。我也看见了我以为自己费尽心思描绘的景象其实既陈腐又虚假，就连标点符号和句子的节奏似乎都更多地反映了我写作时的情绪，而不是它们所构成的作品本身。

我扔掉了我写的每一页纸，重新开始。

布里斯·D'J. 潘凯克把我从我和小说的缠斗中唤醒，把我引向我到今天还在寻找的东西。这些年来，我遇到过我这一代的很多作家，他们对他的作品都表达了类似的看法。我为此对他感激不尽，但我的谢意来自更深的内心；我相信体验艺术给我们的东西使得我们成为更博大、更真实的人类，人类最简单的真实特性——随便举几个例子：饥饿、软弱、荣誉、肉欲、勇气——就在那里等待被捕获，让我们在逝去前看清楚我们的本质。将这些短篇小说仅仅视为地方文学的看法是错误的，因为它们探究的东西要深刻得多：它们向我们展现了西弗吉尼亚的河谷，那里的农场和煤矿，酒吧和汽车旅馆，拳击场、猎场和墓地，但更重要的是，它们展现了那里的人和他们复杂的人性——通过这些，潘凯克触及了我们真正普遍的本质。

是的，这是布里斯·D'J. 潘凯克的第一本也是最后一本书，但其中收录的十二个短篇无疑将会流传下去，永远照亮我们内心深处更幽暗的角落——我们渴求爱和被爱的永恒欲望，我们易犯错误的血肉之躯，以及我们对救赎的不朽向往。

2002 年

Courtesy of the Pancake Estate

在这儿，没人拥有过去，没人拥有生活。

一頁 folio

始于一页，抵达世界

Humanities · History · Literature · Arts

出品人　范　新

出版统筹　恰　恰

策划编辑　苏　骏

特约编辑　苏　骏

营销总监　张　延

营销编辑　戴　翔

新媒体　赵雪雨

版权总监　吴攀君

印制总监　刘玲玲

装帧设计　山　川

内文制作　常　亭

Folio (Beijing) Culture & Media Co., Ltd.

Bldg. 16-C, Jingyuan Art Center,

Chaoyang, Beijing, China 100124

一頁 folio
微信公众号

官方微博：@ 一頁 folio ｜官方豆瓣：一頁 ｜媒体联络：zy@foliobook.com.cn